Christoph-Maria Liegener

Zurückspringen!

Ein Roman

© 2021 Christoph-Maria Liegener

Herstellung und Verlag:
BoD – Books on Demand, Norderstedt
Cover-Bild: Rechte beim Autor

ISBN:
9783753407968

Gewidmet meinen Eltern in Dankbarkeit

1.

Es begann mit dem Ende. Gernot hatte die Hoffnung aufgegeben. Das Beatmungsgerät funktionierte einwandfrei, er bekam Sauerstoff und der Sauerstoffgehalt seines Blutes ging so halbwegs. Trotzdem fühlte er sich schlecht, völlig hilflos, wie ein Gehirn an Apparaten. Die Operation war zwar wohl gelungen, der Tumor entfernt, aber es hatte länger gedauert und es hatte sich schwieriger gestaltet als gedacht. Seine Atmung hatte ausgesetzt und man fürchtete eine Sauerstoffunterversorgung.

Seine Frau Susanne und sein Sohn Lothar saßen an seinem Bett. Susanne hielt seine Hand und sprach beruhigende Worte, Worte der Liebe und der Ermutigung. Mehr konnte auch sie nicht tun. Man musste mit dem Schlimmsten rechnen.

Tatsächlich erlitt er einen Herzstillstand und musste reanimiert werden. Er musste eine Nahtod-Erfahrung durchmachen.

Wie man sich erzählt, zieht in solchen Momenten das ganze Leben noch einmal an einem vorbei, man sieht vieles noch einmal. So geschah es auch mit Gernot – mit dem Unterschied, dass er die Situationen wirklich noch einmal durchlebte. Man nennt so etwas Hypermnesie. Es ist mehr als nur ein Traum. Man glaubt, die betreffende Situation tatsächlich noch einmal zu erleben.

Gernot hatte das Gefühl, in der Zeit zurückzuspringen. Ausgewählte Tage seiner Vergangenheit durfte er noch einmal durchleben, ohne selbst einen Einfluss darauf zu haben, welche es waren und in welcher Reihenfolge sie auftauchten. Tatsächlich konnte er in diesen Flashbacks frei handeln und die Vergangenheit scheinbar ändern, aber dann löste sich alles wieder in Luft auf. Zeitblasen sozusagen.

2.

So sah er sich jetzt plötzlich in jene Situation zurückversetzt, als sein Tumor diagnostiziert worden war. Es geschah in der Sprechstunde seines Arztes, der ihm mit ernstem Gesicht mitteilte, was er auf den Röntgenaufnahmen entdeckt hatte, und ihn an die Universitätsklinik überwies. Damals hatte ihn die Mitteilung umgehauen. Er konnte natürlich nichts anderes tun, als die Fakten zu akzeptieren. Nur langsam begriff er, was los war. Je mehr ihm die Situation klar wurde, desto trauriger wurde er.

Diesmal würde er es anders machen. Er wollte das nicht alles noch einmal durchleben. Er hatte es schon einmal durchlebt. Das musste genügen! Er entschuldigte sich beim Arzt, bevor der überhaupt begonnen hatte zu reden und ergriff die Flucht.

„Warum nicht auf die Operation verzichten?", dachte er. Sein Berufsleben war zu Ende. Gut, er hätte gern noch eine Weile sein Rentnerdasein genossen, aber im Wesentlichen hatte er sein Leben hinter sich. Lieber wollte er diesen Tag ahnungslos genießen, was natürlich nicht ging, da er die Wahrheit schon kannte.

Trotzdem amüsierte er sich, so gut er konnte. Dieser Tag verlief ohne weitere nennenswerte Ereignisse. Gernot schlief abends mit dem Gefühl ein, sein Leben korrigiert zu haben.

Dann war er plötzlich wieder zurück in der Gegenwart, schwebte über seinem leblosen Körper und beobachtete die Bemühungen der Ärzte und Pflegekräfte.

Nichts hatte sich geändert. Schade. Er hatte doch die Vergangenheit noch einmal durchlebt und es diesmal anders gemacht. Er hätte nicht operiert werden dürfen. Jedoch: Ändern konnte er die Vergangenheit offenbar nicht. Dann war es nichts als ein sehr lebendiger Traum gewesen. Kurz, aber lebensecht! Immerhin hatte er seine Erinnerungen ändern können! Auch etwas, nur eben nicht die Realität.

Wenn er auch nicht die Realität ändern konnte, so konnte er doch eines ändern: sich selbst. Indem er die Vergangenheit neu durchlebte, änderte sich seine Sichtweise auf sich selbst und sein Leben. Er selbst wurde dadurch zu einem anderen.

Insgesamt konnte er höchstens für einen Sekundenbruchteil weggewesen sein. Absolut nichts hatte sich geändert. Nur ein winziger Gedankenfetzen war vorbeigeflattert.

Sein Ende drohte immer noch. Und wieder sprang er in die Vergangenheit zurück.

3.

Er ging an der Hand seiner Mutter. Höchstens sechs Jahre konnte er alt sein. Da kam ein riesiger schwarzer Hund kläffend auf ihn zugerast. Für den kleinen Jungen erschien er bedrohlich, obwohl er offenbar nur spielen wollte.

„Der tut nichts!", rief die Besitzerin.

Das konnte ein kleines Kind nicht beruhigen, auf den ein riesiges Ungetüm zustürmte. Das Einzige, was ihm Sicherheit gab, war die Hand seiner Mutter.

Die umarmte ihn und flüsterte ihm ins Ohr:

„Hab keine Angst! Ich bin bei dir."

Sofort verschwand seine Angst. Er sah dem Hund fest in die Augen, worauf das Bellen in ein Knurren überging.

Dann rief er:

„Geh weg!"

Tatsächlich ließ der Hund von ihm ab und verzog sich. Seine Mutter streichelte ihn und lobte seinen Mut. Dabei hatte er alles nur ihr zu verdanken.

Über die Jahrzehnte hatte er das Ereignis fast schon vergessen. Jetzt aber holte es ihn ein und erinnerte ihn an sein damaliges Selbstvertrauen.

Die Situation strahlte in die Gegenwart aus. Er spürte die Gegenwart seiner Mutter, obwohl sie schon vor Jahren gestorben war. Ihre Stimme hallte in seinen Ohren nach und er vertraute ihr wie damals. Er hatte jetzt den Mut, dem Tod entgegenzutreten.

Aber wieder sprang er in die Vergangenheit zurück.

4.

Es war kurz vor Ostern, Familienbesuch hatte sich eingestellt. Sein jüngerer Bruder Achim und er hatten eine Tüte Ostereier mitgebracht bekommen, mit dem Hinweis, sie sich zu teilen. Die Tüte enthielt fünf mittelgroße Schokoladeneier – nicht ganz einfach zu teilen.

Die Brüder zogen sich zurück. Als der Ältere hatte damals Gernot die Initiative ergriffen und gefragt:

„Wie wollen wir es machen? Teilen wir brüderlich oder gerecht?"

„Was bedeutet das?", wollte Achim wissen.

„Brüderlich bedeutet: Du bekommst zwei Eier, ich drei. Gerecht bedeutet: Du bekommst gar nichts."

Achim hatte sich damals traurig mit zwei Eiern zufriedengegeben.

Diesmal würde Gernot es besser machen. Er teilte die Eier, indem er Achim drei gab und sich selbst zwei nahm. Achims Augen strahlten und er umarmte Gernot spontan.

Gernot traten die Tränen in die Augen. Er hätte doch wirklich öfter mal nett zu seinem Bruder sein sollen! Klar, sie verstanden sich und trafen sich auch jetzt noch regelmäßig, aber solch eine Herzlichkeit wie eben hatte es nie gegeben. Eigentlich schade.

Lange dachte er noch darüber nach, bis es Schlafenszeit wurde und er zu seinem scheintoten Zustand zurückkehrte, um aufs Neue zu starten.

5.

Er war mit dem Fahrrad unterwegs gewesen und hatte eine Panne gehabt. Der vordere Reifenschlauch hatte ein Loch bekommen und Gernot hatte kein Flickzeug dabei. Genutzt hätte es ihm sowieso nicht. Er wusste nicht, wie man einen Reifenschlauch flickt. Mühsam hatte er das Rad nach Hause geschoben und sich bei seinen Eltern ausgejammert.

Da hatte sein Vater sich seiner erbarmt und ihm das Rad repariert. Gernot durfte zusehen, damit er in Zukunft wüsste, wie es geht. Es war ein Moment, in dem er seinem Vater sehr dankbar war. Es gab in seinem Leben mehrere solcher Momente.

Als er diesmal diesen Tag erlebte, beschloss er, seinem Vater und sich die Strapazen zu ersparen, und fuhr gar nicht erst los. Diesen Tag konnte er besser nutzen. Er blieb zu Hause und spielte mit seinem Vater Schach. Auch da konnte er etwas lernen und er dankte dem Schicksal, dass ihm diese Zeit mit seinem Vater noch geschenkt wurde.

So schön er war, der Tag verging und ein anderer folgte.

6.

Er saß plötzlich wieder auf einem Fahrrad, war 14 Jahre alt und fuhr auf eine Straßenkreuzung zu. Ja, jetzt wusste er, wo und wann das war: Kurz vor seinem schrecklichen Unfall. Er war damals mit seinem Fahrrad auf der Kreuzung von einem Auto erfasst und umgeworfen worden. Eine Gehirnerschütterung war die Folge und jahrelange Erlebnisse von Angstattacken.

Aber diesmal nicht! Er legte eine Vollbremsung hin und kam vor der Kreuzung zum Stehen. Ein schwarzer Wagen brauste einen halben Meter vor seinem Kopf vorbei. Glück gehabt.

Für sein Leben nutzte ihm das nichts mehr und doch fühlte er, wie sein Selbstvertrauen sich festigte. Er konnte die Dinge besser machen, wenn er sich konzentrierte!

Schon ging seine Reise weiter.

7.

Gernot drückte wieder die Schulbank. Nicht, dass das ein Albtraum wäre, nein, er hatte nichts gegen die Schule. Er hatte dort viel gelernt, ohne ein Streber zu sein. Nicht nach guten Leistungen hatte es ihn gedrängt, sondern er hatte sich für die Inhalte interessiert.

An diesem Tag ging es um die Romantik: Novalis und die blaue Blume. Er war fasziniert. Nach dieser blauen Blume wollte auch er suchen – in seiner Fantasie! Er wollte sie malen, zeichnen, besingen.

Zuhause angekommen, machte er sich gleich ans Werk und fertigte ein Aquarell an. Frustriert ließ er damals nach einer Weile von seinen Bemühungen ab. Zu wenig war er in der Lage, seine Gefühle auszudrücken.

Diesmal ließ er sich mehr Zeit. Im Lauf seines Lebens hatte er so viel Eindrücke gesammelt, auch einige Erfahrung im Malen gemacht, dass er glaubte, es besser machen zu können. In der Tat gelang es ihm besser als damals, aber zufrieden war er immer noch nicht.

Schade, dass er mit der Reife am Ende seines Lebens, kombiniert mit der jugendlichen Frische seiner Gastexistenz, immer noch nicht in der Lage war, sich diesen Traum zu erfüllen. Aber lag das nicht in der Natur der Sache, ging es nicht um die Unerreichbarkeit seiner Sehnsucht?

Für diesen Tag hatte er genug, legte sich schlafen und wartete auf den nächsten Sprung.

8.

Und da war er! Bei einer Klassenarbeit. Gymnasium, 6. Klasse. Sie sollten einen Aufsatz schreiben. Thema: „Mein schönstes

Ferienerlebnis". So ein Blödsinn! Er hatte nichts erlebt.

Na gut, dann musste er sich eben etwas ausdenken. Er schrieb eine Räuberpistole über einen Einbrecher, den er allein ding-fest gemacht hätte. Was für ein Quatsch! Trotzdem hatte die Geschichte ihn mit sich fortgerissen. Die Schüler hatten gelernt, Entwürfe zu Papier zu bringen und am Schluss eine Reinschrift anzufertigen. Als Gernot seinen Entwurf beendet hatte, blieb kaum noch Zeit für die Reinschrift. Er tat, was er konnte, aber er schrieb nun einmal sehr langsam. Es klingelte und der Lehrer rief die Schüler auf, ihre Arbeiten abzuge-ben.

Sehr viel fehlte nicht mehr und Gernot schrieb einfach weiter. Richtig wäre gewe-sen, den Entwurf abzugeben, aber Gernot wusste, dass seine Klaue kaum als lesbar bezeichnet werden konnte. Also strengte er sich an, doch noch fertig zu werden. Als er es endlich geschafft hatte und aufblickte, war der Lehrer verschwunden. Gernot lief ins Lehrerzimmer, um die Arbeit nachzu-reichen, aber der Lehrer meinte mit ernster

Miene, dass er diese Arbeit nun nicht mehr akzeptieren könne und Gernot eine Sechs dafür bekäme. So ein Mist!

Als Gernot diesmal vor der Arbeit saß, wusste er, dass er sie auf jeden Fall pünktlich abgeben musste. Er entschloss sich, kein Risiko einzugehen und gleich ins Reine zu schreiben. Auch wählte er diesmal eine realistischere Geschichte aus. Seine Familie wäre im Urlaub an die Nordsee gefahren, schrieb er. Dort hätten sie lange Strandspaziergänge unternommen. Auf einem von diesen Spaziergängen hätten sie einen angespülten Seestern gefunden, der noch gelebt hätte. Sie hätten ihn ins tiefe Wasser zurückgebracht und dort ausgesetzt. Dabei seien sie zwar nass geworden, aber es hätte ihnen trotzdem großen Spaß gemacht.

Die Geschichte war kurz genug, um damit zum Schluss zu kommen. Er gab die Arbeit ab und hätte gern die Note erfahren, die er dafür bekommen hätte. Das sollte ihm allerdings verwehrt bleiben, weil er

wieder in seinen Nahtod-Zustand zurückkehrte

… und aufs Neue sprang!

9.

Benommen sah er sich um. Er stand im
dunklen Anzug auf einer Tanzfläche. Seine
Tanzpartnerin sah ihn fragend an: Was war
los mit ihm?

Aber ja! Jetzt wusste er es. Er befand sich
auf einem Winterball seines Tanzvereins –
und was für ein Ball: Bei diesem Ball hatte
er Susanne, seine spätere Frau, kennengelernt.

Schnell hatte er sich wieder in die Musik
hineingehört – Quickstepp – und tanzte
weiter. Margit, seine Tanzpartnerin, nickte
ihm zu. Sie war nur seine Tanzpartnerin,
was so viel bedeutet, dass sie auf der Tanz-

fläche gut miteinander auskamen. Befreundet waren sie auch, aber nicht mehr.

Er erinnerte sich, dass ihm an diesem Abend Susanne aufgefallen war, die mit einer Freundin an einem Tisch saß, der sich nicht weit von seinem befand. Er hatte sie schon eine Weile beobachtet. Dann war er sogar hinübergegangen und hatte Susanne zum Tanzen aufgefordert. Sie hatten zwei Tänze getanzt und dabei geplaudert. Dann erforderte es die Etikette, dass er sie zu ihrem Platz zurückbrachte. Dabei stellt sie ihn auch ihrer Freundin Evelyn vor. Er nickte ihr kurz zu. Höflichkeit muss sein.

Weiterhin beobachtete er die beiden. Es schien, dass Susannes Freundin Streit mit ihrem Partner hatte, weshalb ihr Partner seinen Platz mit Susanne getauscht hatte, so dass jetzt zwei Herren zusammensaßen und zwei Damen.

Dann wurde Damenwahl angesagt. Gernot wagte nicht, zu Susanne hinüberzusehen, hoffte aber insgeheim, von ihr aufgefordert zu werden. Es überraschte ihn umso mehr, dass Evelyn ihn aufgesucht hatte. Er erhob sich brav und sah aus dem Augenwinkel, dass auch Susanne auf den Weg zu ihm gewesen war, aber abgedreht hatte, als Evelyn ihn ansprach. Pech!

Evelyn zog ihn auf die Tanzfläche und benahm sich auffällig, kokettierte herum und produzierte sich. Schließlich fiel bei Gernot der Groschen: Sie wollte ihren Tanzpartner eifersüchtig machen! Er selbst diente nur als Mittel zum Zweck. Na ja, ein bisschen geschmeichelt konnte sich Gernot schon fühlen, dass sie ihn dafür ausgewählt hatte. Er versuchte, die Aktion mit Anstand zu überstehen.

Ein paar Tänze später machte er sich noch einmal auf den Weg zu Susanne und sie freute sich offensichtlich darüber. Sie gingen diesmal viel lockerer miteinander um und am Schluss des Balles tauschten sie ihre Kontaktdaten aus.

Gernot sah keinen Grund, nicht alles wieder genauso zu machen wie damals.

Er wusste, er würde Susanne am nächsten Tag anrufen und ein Stelldichein verabreden.

Würde er so ein Treffen noch einmal erleben?

10.

Er erwachte am Morgen nach jenem
denkwürdigen Ball, auf dem er Susanne
kennengelernt hatte. Er rief Susanne an, in
der Hoffnung, dass sie schon wach wäre.
Sie war wach und freute sich über seinen
Anruf. Er schlug ein Treffen am Abend vor
und sie war einverstanden.

Wie sollte er nur die Zeit bis zum Abend
ertragen? Die Nervosität zerfraß ihn. Damals konnte er sich auf nichts konzentrie-
ren.

Diesmal wusste er bereits, dass alles gut
gehen würde. Er setzte sich hin und malte
eine blaue Blume, versuchte seine Sehnsucht nach Susanne einfließen zu lassen.

Wie konnte das gehen, da er sie inzwischen doch schon gewonnen hatte? Es ging, weil er wusste, was er an ihr hatte, weil er sie liebte, auf eine ruhigere, aber festere Weise als damals. Er versetzte sich in seine damalige Lage und brachte seine Liebe ein.

Die blaue Blume, die er malte, erschien ihm als die beste, die er je zustande gebracht hatte, und doch fehlte noch etwas, das er nicht benennen konnte.

Der Abend wurde wundervoll und er genoss ihn noch einmal.

Spät am Abend ging er zu Bett, in der Hoffnung, noch so eine schöne Begegnung geschenkt zu bekommen.

Ein neuer Sprung.

11.

Nun fand er sich in einer der schönsten Situationen seines Lebens wieder. Es war ein lauer Sommerabend und er hatte sich wieder einmal mit Susanne im Park verabredet. Sie schlenderten Arm in Arm durch die Natur und gestanden sich ihre Liebe. Es war ein perfekter Tag.

Nichts hätte er diesmal anders machen wollen als damals und er brauchte es auch nicht. Auf die Worte, die er sprach, kam es gar nicht an und auch nicht auf ihre. Sie waren beide auf Liebe eingestellt und alles um sie herum schien ihnen romantisch verklärt zu sein.

Gernot versuchte, ein paar Verse zu drechseln. Er machte es aus dem Stegreif, weil ihm seine damaligen Worte nicht mehr einfielen. Es mussten diesmal ähnliche Gedichte gewesen sein wie damals, vielleicht etwas besser, weil er inzwischen mehr Sprachfertigkeit erworben hatte, aber immer noch recht schlecht. Wie sollte er auch so schnell ein Kunstwerk erschaffen können?!

Trotzdem spürte Susanne sein Gefühl dahinter und bewunderte ihn dafür.

So verstrich dieser einzigartige Tag und ging irgendwann leider zu Ende. Gernot hatte jeden Augenblick genossen, bis er wieder zurückkehrte.

Weiter ging es.

12.

Gernot besuchte Susanne das erste Mal in ihrer Wohnung. Brav lobte er alles, was er sah. Da glaubte er, auch einmal eine Ausnahme machen zu dürfen, als er das große Bild im Wohnzimmer sah.

„Wie scheußlich!", musste er unwillkürlich losprusten. „Ich mag ja solche modernen Portraits nicht, auf denen die Menschen aussehen wie Monster."

„Das ist ein Portrait meiner Mutter und es ist gut getroffen", stellte Susanne mit versteinerter Miene klar.

Upps, da war er ins Fettnäpfchen getreten. Krampfhaft versuchte Gernot, den Schaden zu begrenzen:

„Charakter hat sie ja, das muss ich sagen. Zeig mir doch mal ein Foto von ihr."

Susanne zeigte ihm ein Foto und er kommentierte:

„Also: Auf dem Foto sieht sie viel sympathischer aus als auf dem Gemälde. Ich freue mich schon darauf, sie kennenzulernen."

In Wirklichkeit freute er sich damals nicht darauf, seine potentielle Schwiegermutter zu treffen, und in der Tat würde er nie richtig gut mit ihr zurechtkommen. Schwiegermütter sind immer ein Problem.

Diesmal war er besser vorbereitet. Als er das Bildnis im Wohnzimmer sah, rief er:

„Wunderbar! Das sieht ja fast aus wie ein Picasso. Diese modernen Künstler haben etwas. Früher stellte ein Bild das Äußere eines Objektes dar, aber dieses Bild blickt hinter das Äußere, zeigt den Charakter der Person, die Persönlichkeit. Großartig! Ist das eine bestimmte Frau?"

„Ja, das ist meine Mutter", strahlte Susanne voller Stolz. Der Künstler war ein Freund der Familie. Leider ist er schon verstorben."

„Da hat er ein Meisterwerk hinterlassen. Ich würde deine Mutter gern mal kennenlernen."

Der letzte Satz kostete ihn dann doch einige Überwindung, aber er brachte ihn tapfer heraus. Er blieb mit Susanne in der Wohnung und sie hörten Musik.

Bei seinem nächsten Rücksturz sollte er sie wieder treffen.

13.

Dieser Tag hatte gut begonnen und schlecht geendet. Bis zum Nachmittag lief alles wie gewöhnlich. Abends wollte er Susanne treffen. Am Nachmittag hatte er die blöde Idee, Susanne zu überraschen und schon am Nachmittag aufzukreuzen.

Das hätte er lieber nicht tun sollen. Er sah, wie Susanne sich an der Haustür von einem jungen Mann mit einem Kuss verabschiedete. Er kannte den Kerl! Es war Susannes Tanzpartner beim Winterball. Dass er auch ihr Liebhaber war, hatte er nicht geahnt. Wütend stürmte er hinzu, um den Nebenbuhler zur Rede zu stellen. Er kam an, als Susanne schon die Tür geschlossen hatte.

Wutschnaubend schrie er seinen Kontrahenten an:

„Na, hat's Spaß gemacht, mit meiner Freundin zu vögeln, du Mistkerl?"

Der andere – er hieß Martin – gab zurück:

„Wer bist du denn und was geht dich an, was ich mache?"

Gernot brüllte:

„Hau bloß ab und lass dich nicht mehr blicken!"

Martin trat ganz nahe vor Gernot hin und erwiderte:

„Sonst was …?"

„Sonst kannst du was erleben", drohte Gernot und schubste Martin zurück.

Der drehte sich um, als wolle er gehen, wirbelte dann aber mit einem Spin Kick herum, der Gernot voll am Kopf traf.

Inzwischen hatte der Lärm Susanne alarmiert, die heraustrat und dem Streit ein Ende setzte. Sie erklärte Gernot, dass sie mit Martin nur ein paar Tanzschritte geübt hätte und sich an der Tür freundschaftlich verabschiedet hatte, wie sie es immer täten.

Gernot schämte sich sehr für seine Eifersucht und entschuldigte sich bei den beiden. Liebe kann so vieles erklären. Gernot war über beide Ohren in Susanne verliebt. Wenn man so verliebt ist, kann man schon mal etwas Unsinniges tun. Man ist nicht zurechnungsfähig.

Das wussten Susanne und Martin, und so vergaben sie damals Gernot seinen Ausraster.

Diesmal konnte Gernot die Situation einschätzen, als er sie sah. Mit seinem jetzigen Wissen wirkte das Ganze auch gar nicht mehr so verfänglich wie beim ersten Mal. Gernot machte auf dem Absatz kehrt, ohne dass die beiden ihn bemerkten, und kehrte erst zur verabredeten Zeit zurück.

Nie wieder hatte er sich mit seiner Eifersucht so blamiert wie damals. Und das war gut so. Seine Beziehung zu Susanne festigte sich mehr und mehr.

14.

Gernot stand mit Susanne im Foyer eines Kinos. Hier wollte er die Eintrittskarten zum zweiten Teil einer Weltraum-Saga kaufen, der gerade erst in Deutschland angelaufen war. Susanne und er hatten den ersten Teil gesehen und konnten jetzt den zweiten kaum erwarten. Immer wieder waren sie in letzter Zeit miteinander ausgegangen, gern auch ins Kino.

Damals war der Film für Gernot neu gewesen. Inzwischen hatte er ihn schon einige Male gesehen. Er kannte ihn gut. Sicher würde er sich diesmal langweilen.

Da hatte er eine Idee. Während sie an der Kasse warteten, fragte er Susanne:

„Hättest du etwas dagegen, wenn ich dir vorab etwas über den Film verrate?"

Susanne verneinte:

„Was sollte ich dagegen haben? Bei Büchern blättere ich auch immer vor und lese die letzten Seiten, bevor sie dran sind.

Aber woher willst du etwas über den Film wissen? Er ist doch ganz neu?"

„Ich habe ein paar Geheiminfos bekommen, die ich gern mit dir teilen würde."

„O.K., leg los!"

„Also: Der Film geht gut aus. Der abenteuerlustige Junge überlebt."

„Na, das hätte ich sowieso erwartet. Hast du nichts Handfesteres?"

„Doch. Wie wär's damit: Der riesige schwarzgekleidete Kerl mit der Kampfmaske und dem Atemfilter ist in Wirklichkeit der Vater des Jungen."

„Was? Er hat doch den Jungen verfolgt und als seinen Feind behandelt", wandte Susanne ein.

„Das ist eine komplizierte Geschichte, die auch in diesem Film noch nicht ganz geklärt wird", vertröstete Gernot sie.

Dann waren sie schon zum Bezahlen dran und gingen anschließend in den Vorführraum.

Nach dem Film staunte Susanne:

„Du hattest ja tatsächlich recht mit deiner Vorhersage. Ich bin beeindruckt."

„Meine nächste Vorhersage ist, dass wir jetzt essen gehen werden", lachte Gernot.

Das taten sie und genossen den Abend.

Auch damals war der Abend harmonisch verlaufen. Es folgten einige schöne Monate und schließlich zogen sie zusammen in eine Wohnung.

Ein Tag des gemeinsamen Lebens folgte nun noch einmal für Gernot.

15.

An einem Sonntagmorgen erwachten Gernot und Susanne fast gleichzeitig. Gernot beugte sich im Bett hinüber zu Susanne und gab ihr einen Kuss:

„Guten, Morgen, mein Liebling", hatte er damals gesagt. „Wie hast du geschlafen?"

Sie antwortete:

„Danke, einigermaßen gut. Ich habe von dir geträumt."

„Dann muss es doch gut gewesen sein", scherzte Gernot.

„Na ja, der Traum fühlte sich ziemlich intensiv an. Ich muss unruhig geschlafen haben."

„Was hast du denn geträumt?"

„Ich habe geträumt, ich hätte mich in einem großen dunklen Wald verlaufen. Dann hätte ich dich getroffen und wir wären zusammen auf einen hohen Baum geklettert. Dort hätten wir die Arme ausgebreitet und wären einfach durch die Lüfte davongeschwebt, bis wir schließlich zu Hause angelangt wären."

Gernot hatte sich den Traum geduldig angehört und meinte dann:

„Ich bin zwar kein Traumdeuter, aber für mich hört sich das an, als wäre ich dein Retter in der Not."

„Das bist du ja auch, mein Held."

Dann hatten sie damals gefrühstückt und später einen Ausflug in den Wald gemacht – ohne sich zu verirren.

Als Gernot diesmal an diesem Tag aufwachte und mitbekam, um welchen Tag es sich handelte, beschloss er, Susanne auf den Arm zu nehmen.

„Guten Morgen, mein Liebling", fing er an. „Weißt du, dass ich gerade noch von dir geträumt habe. Wir haben uns im Wald getroffen."

„Ist ja verrückt", japste Susanne. „Das habe ich auch geträumt."

„Dann haben wir vielleicht gemeinsam geträumt. Bei mir ging es so weiter: Wir kletterten auf einen Baum und flogen gemeinsam nach Haus."

„Jetzt hört aber auf! Genau das Gleiche habe ich auch geträumt. Wie kann das sein?"

„Du redest dir wahrscheinlich nur ein, das Gleiche geträumt zu haben."

„Nein, es stimmt wirklich. Gibt es so etwas wie Telepathie unter Träumenden?"

„Nicht dass ich wüsste", beruhigte Gernot sie. „Aber ich habe deine Gedanken jetzt gelesen."

„Du Spinner!", schimpfte Susanne und grübelte noch eine Weile über den Vorfall.

Gernot überlegte, ob er ihr die Wahrheit sagen sollte, kam aber zu der Einsicht, dass diese kaum glaubhafter als jede andere Version war. Außerdem, fand er, wäre eine Aufklärung gar nicht nötig, da der Tag in der Realität gar nicht existierte.

Susanne sah er beim nächsten Sprung wieder.

16.

Sie hatten einen gewaltigen Wetterum-
schwung hinter sich. Der Frühling war mit
aller Macht eingebrochen. Susanne litt an
Wetterfühligkeit und bekam furchtbare
Kopfschmerzen. Sie beschloss daher, eine
Schmerztablette zu nehmen, wollte aber
vorher noch eine Weile abwarten, ob sich
ihr Zustand besserte.

Nach dem Mittagessen reichte es ihr
dann. Sie wollte die Tablette jetzt nehmen,
da die Schmerzen immer schlimmer wurden.

„Hätte ich doch die Tablette bloß vor
dem Essen genommen!", jammerte sie.
„Auf nüchternen Magen wirkt sie viel
schneller."

„Da wüsste ich Rat", meldete sich Gernot zu Wort. „Kotze einfach das Essen in
eine Schüssel, nimm dann die Tablette auf
leeren Magen und löffle im Anschluss die
Schüssel wieder aus!"

„Sehr witzig!", lachte Susanne. „Ich
nehme einfach die Tablette jetzt. Das ist

auch besser für die Magenschleimhaut. Und wenn die Schmerzen zu stark werden, kannst du mich ja mit einem Holzhammer K.O. schlagen."

„Na klar, mach ich gerne", stimmte Gernot zu. „Ich hau dir auf den Kopf. Aber sag Bescheid, wenn es wehtut!"

Susanne quälte sich noch ein bisschen. Dann wirkte die Tablette.

So lief es damals ab.

Als er diesmal an diesem Tag auftauchte, machte er Susanne vor dem Essen darauf aufmerksam, dass sie die Tablette auf nüchternen Magen nehmen könne, wenn sie wolle, damit sie schneller wirke.

Susanne tat, wie ihr geraten wurde, und bald waren ihre Kopfschmerzen verschwunden. Später alberten sie sorglos herum.

Damals lebten sie eine ganze Weile zusammen von Luft und Liebe. Dann nahte eine wichtige Entscheidung. Zu diesem Augenblick durfte Gernot auch noch einmal zurückkehren.

17.

Als er aufwachte und auf die Uhr sah, wusste er, dass er sehr lange geschlafen hatte. Er blickte auf den Kalender und wusste, welcher Tag war. Ein Sonntag, der ihm sehr wichtig war. Warum, sollte sich zeigen. Er wohnte schon seit einem Jahr mit Susanne zusammen – fast wie ein Ehepaar. Sie hatten am Vorabend einiges getrunken, aber nicht so viel, dass er einen Kater gehabt hätte.

Susanne kam ins Zimmer und begrüßte ihn:

„Na, du Schlafmütze! Auch schon wach? Hast du einen Kater? Kannst du dich noch an gestern erinnern? Dass du mir einen Heiratsantrag gemacht hast?"

Damals hatte er geantwortet:

„Was? Daran kann ich mich tatsächlich nicht erinnern, obwohl ich mich an alles andere gut erinnere."

Susanne lachte:

„April, April!"

„Ach so. Verstehe. Na, dann frage ich dich eben jetzt, ob du mich heiraten willst."

„Klar."

Das war's. Und es ging gut, wie er jetzt wusste.

Diesmal antwortete er auf ihre Frage nach dem Heiratsantrag:

„Sicher erinnere ich mich daran und ich freue mich, dass du zugestimmt hast."

Susanne fiel ihm um den Hals und fragte:

„Ist das auch kein Aprilscherz?"

„Nein, das ist mein Ernst."

So blieb alles beim Alten und sie verlebten einen schönen Tag.

Gernot fragte sich, wo er als Nächstes landen würde.

18.

Vor der Hochzeit wollte Gernot seinen Eltern seine Zukünftige vorstellen. Sie hatten einen Termin bei Gernots Eltern vereinbart, wollten aber aus verschiedenen Richtungen kommend getrennt dort eintrudeln. Kein Problem. Vier Uhr nachmittags wurde verabredet, pünktlich, ein kleines Treffen zu Kaffee und Kuchen.

Gernot hatte sich schon vor der Zeit eingefunden, da er wusste, wie wichtig seine Mutter Pünktlichkeit nahm. Sie hatte ihn in diesem Sinn erzogen und er kam nie zu spät.

Gernot hatte versäumt, Susanne von dieser Eigenheit seiner Mutter zu erzählen, und diese kam prompt eine Viertelstunde zu spät. Der Kaffee war mittlerweile kalt und Frau Mayers Laune sank auf einen Tiefpunkt. Als Susanne endlich auftauchte, bemerkte die Gastgeberin unterkühlt:

„Pünktlichkeit ist die Höflichkeit der Könige."

Susanne scherzte unbekümmert:

„Na, da habe ich ja Glück, dass ich keine Königin bin!"

Dazu lachte sie herzhaft. Gernot lachte mit und selbst sein Vater konnte sich ein leichtes Lächeln nicht verkneifen. Frau Mayers Miene blieb jedoch versteinert, während sie entgegnete:

„Eine gute Kinderstube ist ein Geschenk der Eltern an ihre Kinder. Leider wird sie nicht allen zuteil."

Jetzt verschwand das Lächeln auch aus Susannes Gesicht. Ihre Eltern wollte sie nicht beschimpfen lassen! Sie schnappte:

„Immerhin haben meine Eltern mich zu einer psychisch gesunden Person erzogen. Da habe ich bei Ihrem Sohn noch einiges korrigieren müssen."

„Sie brauchen ihn ja nicht zu heiraten, wenn er Ihnen nicht passt", fauchte die Schwiegermutter in spe und fügte hinzu:

„Wir haben sowieso Besseres zu tun, als uns mit den amourösen Abenteuern unseres Sohnes abzugeben. Sie wollen sicher gehen."

Gernot, der von der Auseinandersetzung völlig überrumpelt wurde, nahm Susanne in den Arm und führte sie hinaus. Das ging schnell. Sie hatten sich nicht einmal gesetzt.

Diesen katastrophalen Tag erlebte er nun erneut. Diesmal ließ er alle Termine sausen und fuhr vorher zu Susanne, um sie persönlich abzuholen. Diese trödelte herum, als ob sie nicht wüsste, wie wichtig es war, rechtzeitig loszukommen. Sie wusste es wirklich nicht. Gernot mahnte:

„Du musst doch nicht alles Mögliche noch machen. Komm jetzt endlich!"

Susanne meinte unbekümmert:

„Nun tu doch nicht so, als ob du es nicht verstehen würdest. Du bist doch sonst nicht so verkrampft. Deine Eltern werden mich schon nicht beißen."

Aber Gernot ließ nicht locker. Er wusste es besser. Tatsächlich erreichte er, dass sie pünktlich eintrafen, und diesmal lief alles harmonisch ab.

Einen Einfluss auf die Vergangenheit hatte das nicht. Die Verstimmung zwischen Susanne und ihrer Schwiegermutter blieb noch eine Weile bestehen, aber im Verlauf der Jahre kamen die beiden sich näher und verstanden sich später gut.

Den Tag hatte Gernot zufriedenstellend hinter sich gebracht. Nun ging es weiter.

19.

Sie saßen im Flugzeug und flogen nach Las Vegas, um dort zu heiraten, Susanne und er. Irgendein Elvis-Imitator würde sie trauen. Sie hatten sich zu dieser Form entschlossen, weil sie den ganzen Hochzeitsrummel nicht wollten. Eine Zehn-Minuten-Zeremonie sollte es werden und genug damit. Natürlich musste das Ganze danach noch im heimischen Standesamt gemeldet werden, aber das wäre auch nur eine Formalität.

Sie hatten vorher noch San Francisco besucht und überquerten nun das berüchtigte Nevada-Dreieck, in dem so viele Flugzeuge verschollen waren. Würde das gut gehen? Ein mulmiges Gefühl beschlich sie.

Plötzlich erfasste eine Fallbö das Flugzeug und riss es in die Tiefe. Der Pilot konnte nichts dagegen tun. Susanne schrie auf und klammerte sich an Gernot. Sie umarmten sich.

Damals hatte Gernot beruhigend auf sie eingeredet:

„Hab' keine Angst. Wir sind zusammen. Wenn wir wirklich abstürzen, sterben wir gemeinsam."

Ob das ein großer Trost für Susanne war, sei dahingestellt.

Diesmal wusste er, dass es gut gehen würde. Kurz über dem Boden hatte der Pilot das Flugzeug abfangen können.

Also äußerte er im Brustton der Überzeugung:

„Du brauchst keine Angst zu haben. Ich weiß, dass wir nicht abstürzen werden."

Er klang dabei so sicher, dass Susanne sich tatsächlich beruhigte. Dann war es vorüber und Susanne fragte ihn, woher er seine Zuversicht genommen habe.

„Ich kann in die Zukunft sehen", scherzte er. Er hatte keine Lust, ihr die ganze Geschichte zu erklären.

Der nächste Rücksprung führte weiter
zurück.

20.

Er war wieder ein Teenager, tollte mit
seinen Freunden im Schwimmbad herum.
Das hatte er zu der Zeit öfter getan. Aber
dieser Tag war ein besonderer. Einer seiner
Freunde, Tobias, war an diesem Tag er-
trunken. Diesen Tag hatte er sich so oft in
Erinnerung gerufen, dass er ihn sofort erkannte. Tobias war damals unvorsichtig
vom Fünfmeterbrett gesprungen und mit
dem Kopf gegen den Kopf eines Schwim-
mers unter ihm geprallt, den er nicht gesehen hatte. Sie hatten beide sofort die Besin-
nung verloren und waren untergegangen.
Zunächst bemerkte es niemand und dann
herrschte Chaos. Es dauerte ewig, bis der
Bademeister herbeigerufen worden war,
und der konnte auch nichts mehr tun.

Diesmal würde Gernot alles tun, um den Tod seines Freundes zu verhindern. Erst versuchte er, Tobias den Sprung auszureden. Vergeblich. Tobias war schon so oft gesprungen, dass er nichts Besonderes darin sehen konnte. Als Tobias zum Turm ging, rannte Gernot zum Bademeister. Es war gar nicht so leicht, ihn zu finden. Er stand etwas abseits und flirtete mit einer hübschen Badenixe. Von Gernot gestört, fragte er unwirsch, was er denn wolle.

„Da ertrinkt gleich ein Junge unter dem Fünfmeterbrett!", keuchte Gernot.

„Und woher willst du das wissen?", lachte der Bademeister.

„Ich komme aus der Zukunft. Ich habe es schon gesehen", stammelte der hilflose Junge.

„Du willst mich wohl veralbern. Störe mich nicht!" Damit wandte er sich wieder von Gernot ab und dem Mädchen zu.

Gernot rannte zum Fünfmeterbrett, um selbst einzugreifen, kam aber zu spät. Hinzu kam, dass er kein Rettungsschwimmer war. Er konnte Tobias nur mit Mühe zum

Beckenrand schleppen, wo nur noch sein Tod festgestellt werden konnte.

Als der Bademeister endlich kam, unternahm er Wiederbelebungsversuche, die erfolglos blieben.

„Woher wusstest du das?", fuhr er Gernot an.

„Warum sind Sie nicht mitgekommen?", konterte der Junge.

„Du hast was mit der Sache zu tun", behauptete der Bademeister. „Ich werde dich der Polizei übergeben."

Das tat er dann auch und Gernot wurde gründlich verhört. Die Polizei wurde nicht schlau aus seiner Geschichte. Die Zeugenaussagen bestätigten jedenfalls, dass er mit dem Unfall nichts zu tun hatte.

Der Bademeister andererseits bekam Schwierigkeiten wegen seiner Pflichtverletzungen. Das tröstete Gernot auch nicht mehr. Traurig gingen er und seine Freunde nach Hause.

Schon befand er sich wieder im Krankenhaus und die nächste Episode schloss sich an.

21.

Diesmal war es ein Buchladen, in dem er sich befand. Er wollte sich als Gymnasiast für den Unterricht eine zweisprachige Ausgabe von Sophokles' Antigone kaufen. Er hatte sich das Büchlein schon aus dem Regal herausgesucht und ging zum Bezahlen zur nächsten Verkäuferin. Diese, ein junges Mädchen in seinem Alter, lächelte und meinte:

„Aha, eine Antigone", wobei sie das Wort fälschlich auf dem ‚o' betonte. Sie kannte das Werk offenbar nicht.

Gernot hatte damals nicht darauf reagiert. Er wollte nicht besserwisserisch erscheinen. Diesmal aber hatte er die Denkweise eines Vaters verinnerlicht und korrigierte sie automatisch:

„Antigone: Der Name wird auf dem ‚i‘ betont."

Das Mädchen nahm es nicht übel. Sie lachte:

„Du kennst dich wohl schon damit aus?"

Da sie in seinem Alter war und er offensichtlich noch Schüler, hatte sie ihn einfach geduzt.

„Ja, wir lesen es in der Schule. Willst du wissen, worum es geht?"

„Klar!"

„Also: Antigone hatte einen Bruder, der gegen ihre gemeinsame Heimatstadt Theben Krieg geführt hatte und dabei gefallen war. Der König von Theben verbot bei Todesstrafe, den Leichnam zu bestatten. Nach dem Glauben der Griechen der Antike konnte er dadurch nicht ins Totenreich gelangen. Antigone durchbracht das Verbot, weil sie ihr Gewissen über die Autorität des Staates stellte. Dafür musste sie sterben."

„Das ist ja ein ganz aktueller Stoff. Da geht es um ein Problem, das sich in vielen der heutigen Diktaturen stellt."

„Genau. Wie würdest du dich entscheiden?"

„Ich weiß nicht. Darüber müsste ich länger nachdenken. Vielleicht nach Dienstschluss. Willst du mich abholen?"

Gernot blickte verdutzt aus der Wäsche. Machte sie ihn tatsächlich an? Sie sah ausgesprochen nett aus und er war ja zu der Zeit noch ungebunden. Zwar war er in Wirklichkeit ein alter Mann, aber im Körper des Jungen fühlte er sich wieder jung. Sollte er sich darauf einlassen?

Nein, das wäre untreu Susanne gegenüber gewesen. Zwar kannte er damals Susanne noch nicht, aber jetzt war er glücklich mit ihr verheiratet und durfte solche Gedankenspiele nicht spielen.

Er antwortete:

„Es tut mir leid, meine zukünftige Frau wäre nicht damit einverstanden."

„Nanu, du bist in deinen jungen Jahren schon verlobt?"

„Nein, aber ich kenne die Zukunft."

„Dann bist du so etwas wie ein Hellseher?"

„Auch das nicht. Ich komme aus der Zukunft."

„Erzähl davon, Junge aus der Zukunft!"

Und so erzählte Gernot, wie es kam, dass er jetzt hier in seinem jugendlichen Körper steckte, aber das Bewusstsein eines alten Sterbenden hatte. Jule – so hieß die junge Verkäuferin – war fasziniert und fragte ihn aus. Sie unterhielten sich stundenlang. Eine unangemessene erotische Spannung gab es nicht, da die Verhältnisse geklärt waren, und geheim halten musste er auch nichts. Er hatte ja bereits festgestellt, dass seine Ausflüge in die Vergangenheit keine Folgen hatten.

Was für ein schöner Tag! Jule gab ihm zum Abschied einen Kuss.

Wieder schwebte er über seinem leblosen Körper und wieder tauchte er in die Vergangenheit ab.

22.

Er landete auf dem Fußballplatz. Mit 16 Jahren hatte er oft gespielt. Eingesetzt wurde er meist in der Verteidigung – wie alle, denen man die Torjagd nicht zutraute.

An diesen Tag erinnerte er sich. Es war Sommer, die Sonne schien, er fühlte sich wohl. Ganz genau wusste er, dass es in der zweiten Halbzeit zu einem gewaltigen Schuss der Gegner gegen die Latte seines Tores geben würde, der mit solcher Kraft ausgeführt wurde und in einem solchen Winkel, dass es den Ball bis weit in die generische Hälfte zurückschlug. Damals war diese Hälfte bis auf den gegnerischen Torwart völlig leer. Dieser kam aus dem Strafraum heraus und spielte den Ball wieder nach vorn.

Als diesmal der Spielzug begann, der zu der unerwarteten Ballbewegung führen sollte, startete er und lief vor den gegnerischen Strafraum. Der Ball kam wie in der Vergangenheit nach vorne, damit in seine Nähe, er nahm ihn an und stürmte aufs Tor zu. Einer seiner Kameraden rief noch:

„Du hast Zeit!"

Ja, weit und breit kein Gegner, nur noch der Torwart zwischen ihm und dem Tor. Als er nah genug war, wollte er schon blindlings drauflosballern, als ihm einfiel, dass er auf diese Weise nur den Torwart treffen würde.

So entschied er sich für einen Innenseitstoß, hinter dem nicht so viel Kraft steckte wie bei einer Pike, der aber dafür genau platziert werden konnte. Er traf einen Punkt auf halber Höhe rechts neben dem Torwart. Unhaltbar!

Seine Mannschaftskameraden gratulierten ihm. Sein Image war dadurch auch nicht ins Unermessliche gestiegen. Es sah ja auch nach einem absoluten Glücksfall aus.

Aber er freute sich heimlich umso mehr und sein Selbstbewusstsein wuchs noch ein bisschen.

Der Abend kam und wieder ein Schnitt.

23.

Als Lausbub hatte er zuweilen mit anderen Jungs ein weitläufiges Eisenbahngelände durchstreift. Natürlich war alles eingezäunt, aber das hält doch eine Jungenbande nicht auf. Da gab es immer etwas zu erleben. Mal rangierten die Eisenbahner mit der Güterwaggons herum, mal hielt ein Zug vor der Weiterfahrt an, sei es, dass es ein Personenzug war, der auf die Einfahrt in den Bahnhof wartete, sei es, dass ein Güterzug einen zusätzlichen Waggon bekam.

Manchmal rollten die Waggons auch so langsam die Rangiergleise entlang, dass die Jungen sich ein Vergnügen daraus machten, auf- und abzuspringen. Nicht ganz ungefährlich! Vor allem durfte man sich nicht erwischen lassen. Das konnte richtig Ärger geben.

An diesem Tag hatten die anderen Jungs Gernot zu einer Mutprobe aufgefordert. Er sollte auf einen Güterzug klettern, der nur kurz an einem Signal hielt. Dann sollte er so lange darauf bleiben, wie er sich traute. Das Signal ging hoch und der Zug setzte sich behäbig in Bewegung, Gernot sprang auf. Langsam gewann der Zug an Fahrt. Gernot erinnerte sich, wann er damals absprungen war.

Diesmal sprang er nicht ab. Ihm konnte es egal sein, wohin der Zug fuhr. Schneller und schneller wurde er. Zum Abspringen war es längst zu spät. Bald hatte er die Stadt hinter sich gelassen und Felder, Wiesen und Wälder zogen an ihm vorbei. Er genoss es. Als es Nacht wurde schlummer-

te er zum gleichmäßigen Rattern der Räder
ein.

Als er zurück im Krankenhaus war, hatte sich nichts geändert. Er reiste weiter.

24.

Er hatte sich als Jugendlicher oft mit seiner Clique im Wald getroffen. Heute spielten sie Rätselraten. Es gab ein kleines Tur-
nier unter den Jungen und der Siegerpreis
sollte sein, von Helena geküsst zu werden.
Helena! Sie war das schönste Mädchen der
Clique und alle Jungen waren heimlich verliebt in sie. Sie sollte nicht beim Raten dabei
sein, um keinen zu beeinflussen. Daher
ging sie fort und würde erst am Ende wieder zurückgeholt werden.

Die Jungen rieten, was das Zeug hielt.
Das erste Rätsel lautete:

„Warum können so viele verheiratete Männer nach dem Sex nicht sofort einschlafen?"

Die richtige Antwort:

„Weil sie erst nach Hause fahren müssen."

Auf diesem Niveau bewegten sich auch die anderen Rätsel. Es ging eigentlich nur um ein Herumblödeln. Aber man amüsierte sich und am Schluss hatte rein zufällig Gernot gewonnen. Gunther wurde losgeschickt, um Helena zu holen und bald war sie da.

Es gab allerdings Regeln zu beachten: Gernot musste sich auf den Rücken legen und die Augen schließen. Er durfte sich nicht bewegen, bis alles vorbei war. Das versprach er.

In Wahrheit verulkten sie ihn. Helena hatte ihren Schäferhund Hasso von zu Hause geholt und ihn mit Gunther nachkommen lassen. Helena hatte Hasso abgerichtet, auf ein Handzeichen von ihr ein vor ihm liegendes Gesicht mit seiner feuchten Nase anzutupsen.

Das tat er nun. Gernot hielt die feuchten Berührungen für Helenas Küsse und grinste über beide Ohren. Als Hasso schließlich sogar seinen Mund traf, konnte Gernot sich nicht mehr halten und umarmte die vermeintliche Küsserin. Was für eine Überraschung, als er ein Fellknäuel in den Händen hielt! Er riss die Augen auf und sah, was abgelaufen war. Die Umstehenden brachen in lautes Gelächter aus.

Gernot hätte in den Erdboden versinken können vor Scham. Aber es half nichts. Es handelte sich um einen Streich unter Freunden und er musste ihn hinnehmen. So schlimm war es nun auch wieder nicht. Hinzu kam: Wenn er der Ehrlichkeit den Vorzug gab, konnte er nicht leugnen, dass es ihm in dem Moment gefallen hatte. Was für eine Macht doch die menschliche Einbildung darstellte! Durch die Kraft der Gedanken können wir ein eigentlich verabscheutes Erlebnis als angenehm empfinden. Er dachte noch lange darüber nach.

So war es damals abgelaufen. Diesmal hatte er nicht die Absicht, das noch einmal zu erleben. Es fiel ihm nicht schwer, beim Rätselraten mit Absicht zu verlieren, und er war aus dem Schneider. Michael gewann diesmal das Spiel und Gernot fand sich in der besseren Rolle des Zuschauers.

Er sollte zu einem weiteren Tag seiner Jugend weitereilen.

25.

Nun stand er als junger Mann mit seiner Clique auf einer Brücke. Sie hatten sich dort zum Bungee-Jumping getroffen. Er hatte das damals blöd gefunden und war nicht gesprungen. Das hatte dazu geführt, dass er einigen Spott in der Clique ertragen musste, bis man es schließlich akzeptierte und ihn sogar für seine Konsequenz res-pektierte.

Diesmal sah er es anders. Hatte er es früher abgelehnt, den Kitzel beim Riskieren des eigenen Lebens zu suchen, so sah er jetzt kein Problem mehr darin. Diese Zeitblase würde zerplatzen wie alle vorigen auch und er war sowieso so gut wie tot. Es sprach nichts dagegen zu springen.

Also tat er es ohne Angst. Ihm geschah nichts, aber es brachte ihm auch nichts. Wenn man keine Angst hat, bringt es nichts.

Für die anderen sah es allerdings schon wie Mut aus und Lexi, mit vollem Namen eigentlich Alexandra, ein Mädchen, mit dem er sich besonders gut verstand, zog ihn danach in die Büsche, wo sie miteinander pussierten. Gernot fing nicht wieder an, Skrupel wegen seiner späteren Frau zu entwickeln. Tatsache war, dass er etwas später mit Lexi seine ersten sexuellen Erfahrungen gesammelt hatte. Nun war es eben früher passiert. Dennoch gehörte es in einen Kontext, von dem Susanne wusste und den sie akzeptiert hatte. Diese Vergangenheit hatte er doch schon erlebt und sie nun nur geringfügig modifiziert. Darf man

die Vergangenheit nicht in einer alternativen Realität durchleben, wenn es sich so
ergibt? Diese Vergangenheit ist doch inzwischen im Nachhinein genehmigt worden. So entschuldigte er sich vor sich selbst,
als er das kleine Techtelmechtel mitmachte.
Er verbrachte den Abend mit Lexi in der
Clique am Lagerfeuer und schlief entspannt ein.

Im Krankenhaus hatte sich nichts geändert und es ging weiter.

26.

Es geschah zu einer Zeit vor Lexi und
Susanne. Er hatte gerade das Abitur gemacht und genoss seine neue Freiheit. Er
konnte alles machen, was er wollte. Seinen
ehemaligen Klassenkameraden/innen ging
es ebenso. Sie trafen sich oft und gingen

miteinander ungezwungener um als in der Schule.

So hatte Angelika ihm schöne Augen gemacht und legte es offenbar darauf an, mit ihm ihr „erstes Mal" zu erleben. Gernot hatte nichts dagegen einzuwenden. Ein so hübsches Mädchen wie Angelika so leicht zu bekommen – das gefiel ihm schon.

Die Gelegenheit bot sich bald, als Gernots Eltern mit seinem Bruder verreisten und er die Wohnung für sich hatte. Angelika besuchte ihn und sie zogen sich in sein Zimmer zurück.

Offenbar erwarteten beide zu viel von der Sache. Die Nervosität ließ sie sich verkrampfen und sie standen sich verlegen gegenüber.

Das war die Situation, in die Gernot jetzt wieder hineinversetzt wurde. Seiner Erinnerung nach ging es so weiter:

Sie zogen sich beide aus und legten sich in Bett, aber nicht romantisch in inniger Umarmung, sondern sachlich wie zu einer Operation. Sie setzten sich beide unter

Druck, wollten etwas absolvieren. Das konnte nichts werden. Und tatsächlich: Gernot versagte. Er konnte nicht tun, was ein Mann in so einer Situation tut.

Angelika, selbst unsicher und von Zweifeln erfüllt, fühlte sich verschmäht und versuchte in einer Art Überkompensation, die Schuld bei Gernot zu suchen.

„Was für ein Mann bist du?", warf sie ihm vor. „Bist du schwul oder impotent? Du solltest dich mal untersuchen lassen!"

Damit nahm sie ihre Sachen und ging.

Sie war in ihrem Selbstwertgefühl getroffen und wollte die Schuld beim Partner suchen: Um sich selbst besser zu fühlen, nahm sie in Kauf, dass er sich mies fühlte. Ganz schlechter Stil! Gernot hatte später in seinem Leben noch öfter Menschen dieser Art getroffen. Er glaubte zu verstehen, wie sie tickten, aber er mochte sie nicht.

Gernot blieb damals verletzt zurück. Es war doch keine Absicht! Er hatte eigentlich schon gewollt, konnte nur aus irgendeinem Grund nicht. In Wahrheit fehlte nur die

Liebe und die Zärtlichkeit. Hinzu kam: Angelika war einfach nicht die Richtige. Sicher, man kann so etwas auch mechanisch durchziehen, aber in seiner damaligen psychischen Verfassung war er dazu nicht in der Lage.

Diesmal wäre er es. Wieder stand er Angelika gegenüber und hatte das Abenteuer vor sich. Aber diesmal wollte er nicht, auch wenn er gekonnt hätte. Wahrscheinlich hätte es ihm sogar Spaß gemacht. Trotzdem hielt ihn die Erinnerung an die damaligen Ereignisse davon ab, es noch einmal zu probieren. Er hatte kein Bedürfnis danach, diese Person sich besser fühlen zu lassen.

Er schützte vor, dringend auf die Toilette zu müssen und rief ihr von dort zu, dass er einen schlimmen Durchfall habe und sie nicht auf ihn warten solle.

Angelikas Reaktion fiel nicht viel besser aus als beim ersten Mal:

„Du machst dir ja vor Angst in die Hosen! Was bist du nur für ein erbärmlicher Feigling!"

Und damit verschwand sie aus seinem Leben. Besser so!

Gernot kehrte zurück und sprang erneut.

27.

Wieder einmal hing er mit seiner Clique ab, war kaum älter als 18. Da kam die Polizei vorbei und verhörte sie. Ein Mädchen aus ihrer Clique, Ingrid, war seit ein paar Tagen verschwunden und die Eltern hatten Vermisstenanzeige erstattet. Von den Eltern kam auch der Tipp, bei ihrer Clique nachzufragen.

Gernot und seine Freunde wussten tatsächlich, wo Ingrid war: bei ihrem festen Freund, den ihre Eltern nicht kannten. Sagen würden sie es natürlich nicht. Ehrensache! Sie würden irgendwann einmal Ingrid darauf aufmerksam machen, dass ihre Eltern sich Sorgen machten. Dann konnte sie selbst entscheiden, was sie tat.

Die Polizei nahm sie alle mit zur Wache und befragte jeden einzeln, besonders Gernot. Wachtmeister Nolte hatte ihn schnell auf dem Kieker; denn er hatte mehr Kontakt zu Ingrid gehabt als die anderen.

„Du wolltest wohl mehr als sie, nicht wahr", provozierte er Gernot. „Dann bist du ein bisschen zudringlich geworden und dann ist die Sache aus dem Ruder gelaufen. Schließlich hast du die Grenzen überschritten und wusstest du nicht mehr, was du tun solltest. Da hast du sie erwürgt."

Gernot leugnete:

„Wie kommen Sie nur auf solche Ideen? Sie müssen ein krankes Hirn haben!"

„Nein, nur zu viel Umgang mit Typen wie dir. Und Vorsicht: Sonst bekommst du gleich eine Anzeige wegen Beamtenbeleidigung."

Das Verhör setzte sich noch Stunden fort. Nolte hatte sich auf ihn eingeschossen. Das hatte Gernot damals furchtbar genervt.

Diesmal würde er es ihm heimzahlen.

„Okay", sagte er. „Ich geb's zu: Ich habe sie umgebracht."

„Na endlich!" schnappte Nolte. „Wo ist die Leiche?"

Jetzt kam Gernots große Stunde:

„Die habe ich im Trinkwasserreservoir der Stadt entsorgt, als die Verwesung einsetzte. – Übrigens: Ist der Kaffee, den Sie da gerade trinken, mit Leitungswasser gemacht?"

Nolte erblasste, nahm hastig den Kaffeebecher von den Lippen und stellte ihn ab.

Dann aber zog sich ein breites Grinsen über sein Gesicht und er meinte:

„Ich habe auch ‚Puppenmord' von Tom Sharpe gelesen. Tolle Geschichte! Aber ich werde nicht darauf reinfallen."

Und demonstrativ nahm er noch einen Schluck von seinem Kaffee.

„Sie müssen's ja wissen", retournierte Gernot.

„Ja, ich weiß es. Und jetzt raus mit dir!"

Das Verhör war beendet. Na, immerhin!

Nolte ließ die jungen Leute laufen. Er hatte mitbekommen, dass er sich da in etwas hineingesteigert hatte. So kam er nicht weiter.

Ingrid meldete sich am nächsten Tag bei ihren Eltern und alles war in Butter.

Gernot schlief zu Hause ein und wachte zu einer anderen Zeit an einem anderen Ort wieder auf.

28.

Er saß auf einer privaten Feier, einer Fete, wie man das damals nannte, mit einem schönen Mädchen zusammen. Sie hieß Claudia und gefiel ihm sehr. So ist das mit Mädchen: Sie haben Züge, die die Jungen anziehen. Ein Junge fühlt, wenn er einem passenden Mädchen begegnen, eine fast übernatürliche Anziehungskraft, als wäre dieses Mädchen das einzige auf der Welt, das für ihn in Frage kommt. Das kann einem Jungen durchaus öfter im Leben passieren und es war Gernot später wieder mit Susanne passiert.

Es ist aber letztlich die Situation und, was man aus ihr macht, die entscheidet, was geschieht.

In diesem Fall hatten sie zunächst unverbindlich geplaudert, sich dann immer mehr einander geöffnet, bis eine vertraute Atmosphäre entstanden war. Die Worte sind in diesem Stadium nicht mehr so wichtig. Man streichelt sich gewissermaßen nur damit. Längst ist man dabei, sich körperlich anzunähern, Signale auszusenden. Am Ende waren sie sich so vertraut, dass sie einen Augenblick innehielten und sich tief in die Augen sahen.

Damals sprang in diesem Moment ein Funke über. Er tauchte in ihre Augen ein und sie in seine. Die Welt um sie hörte auf zu existieren. Sie waren zwei in einem, der

Beginn einer tiefen Liebe, wenn sie es zu-
ließen. Dies war ein Zeitpunkt absoluter
Aufrichtigkeit. Der Augenblick der Wahrheit. Er wusste mit Sicherheit: Wenn er sie
jetzt küsste, würde sie auf den Kuss eingehen und ihre Liebe wäre besiegelt. Sie wären zusammen. Womöglich für immer. Für
ihn ein einzigartiger Moment, ein Moment,
in dem sich sein Leben entscheiden konnte.
Ein Moment, an den er sich immer erinnern
würde.

Er hatte ihn damals verstreichen lassen.

Er hatte sie nicht geküsst und sie ihn
nicht. Man kann in solchen Situationen
nicht sagen, warum etwas passiert oder
nicht passiert. Später hatte er sich das oft
gefragt. Hatte er aus Feigheit gekniffen?
War er noch nicht so weit für diesen
Schritt? Er wusste es nicht. Die Realität
musste man einfach akzeptieren.

Aber eines hatte er damals noch getan:
Er hatte wieder versucht, die blaue Blume
zu malen. Er hatte ein Verlangen in seiner
Brust gespürt, das nach Ausdruck drängte.
Was in der Realität nicht funktioniert hatte,

funktionierte auch nicht im Kunstwerk. Es wurde nichts.

Jetzt aber war er zurückgekehrt. Diesmal hatte er die Möglichkeit, die Realität zu ändern. Nur: Wollte er das überhaupt. Inzwischen war er glücklich mit Susanne verheiratet. Sein Leben hatte sich gut entwickelt. Er hätte die Weichen nicht anders stellen wollen. Das konnte er auch gar nicht. Und er wollte es nicht einmal ausprobieren. Nein, sein Leben gefiel ihm, wie es war!

Mit diesen Überlegungen im Kopf saß er Claudia gegenüber und wartete auf den magischen Moment von damals. Er kam nicht. Die Chemie stimmte nicht so, wie sie damals gestimmt hatte. Mit seinen Gedanken im Hinterkopf kam er nicht so ehrlich herüber wie damals. Er war diesmal ein anderer. So sensible Situationen wie diese reagieren auf kleinste Nuancen. Es muss einfach alles stimmen und es stimmte diesmal eben nicht. Es funkte nicht.

Diesen einzigartigen Moment von damals konnte er nicht zurückbringen. Manches gibt es eben nur einmal. Wie die Blüten jener speziellen Selenicereus-Kakteen, die sich nur in einer einzigen Nacht öffnen, weshalb sie Königin der Nacht genannt werden.

Gernot wusste nicht recht, ob er enttäuscht oder beruhigt sein sollte, und beließ es dabei.

Er schlief ein und erwachte scheinbar, um gleich wieder abzudriften.

29.

Wieder befand er sich auf einer Fete. Die gab es damals häufiger. An diesem Tag hatte er sich vorgenommen, ein fremdes Mädchen anzusprechen. Er hatte schon eine im Auge, aber die Schöne wurde von einem anderen Mädchen bequatscht. Na ja, solange es kein Kerl war, konnte er es wagen. Allerdings sah das andere Mädchen aus wie eine Vogelscheuche und schien niemanden sonst anzuziehen. Daher klammerte sich die Vogelscheuche an seine Zielperson.

Nachdem er eine Ewigkeit gewartet hatte und sich immer noch keine freie Bahn abzeichnete, ging Gernot zum Angriff über. Er steuerte geradewegs auf das schöne Mädchen zu und fragte sie:

„Hallo, darf ich dir einen Drink ausgeben?"

Das hatte er sehr höflich vorgebracht. Trotzdem pflaumte ihn die Vogelscheuche von der Seite an:

„Selbst nach einer ganzen Flasche Wodka würde sie dich nicht ertragen können. Verzieh dich!"

Seine Favoritin lächelte entschuldigend und erklärte:

„Bitte sei Veronika nicht böse! Sie ist gerade in einem wichtigen Gespräch mit mir. Ich heiße übrigens Karin."

„… und ich Gernot. Vielleicht sehen wir uns später, Karin."

„Ja, vielleicht."

Mehr konnte er im Augenblick nicht tun und zog seiner Wege. Zu einem Gespräch mit Karin kam es nicht. Veronika hatte sie den ganzen Abend mit Beschlag belegt. Gernot hatte sich damals trotzdem noch amüsiert.

Diesmal ging er zur Abwechslung auf das hässliche Mädchen zu und fragte sie:

„Möchtest du tanzen?"

Es musste das erste Mal in ihrem Leben gewesen sein, dass jemand Veronika aufforderte, und sie konnte nicht widerstehen:

„Ja, gerne", sagte sie und lächelte dabei, so gut sie konnte.

Von wegen, man würde ihn nicht ertragen können. Sie hatte ihn damals nur nicht ihrer Freundin gegönnt. Jetzt aber würde er es ihr heimzahlen.

„Gut!", feixte Gernot. „Dann geh du tanzen und ich unterhalte mich solange mit deiner Freundin."

Wenn Blicke töten könnten, hätte es Gernot in der Luft zerrissen. Was er da gebracht hatte, war ja auch wirklich nicht nett. Aber verdient hatte Veronika es durchaus nach ihrem Verhalten in der vergangenen Realität.

Karin unterdrückte tapfer einen Impuls, laut loszulachen.

Natürlich ging Veronika nicht weg und Gernot kam wiederum nicht an Karin heran. Trotzdem empfand er eine gewisse Genugtuung über seinen Treffer.

Und weiter ging es.

30.

Gernot stand am Morgen der mündlichen Abschlussprüfung seines Studiums auf. Die war damals ganz gut gelaufen, so gut immerhin, dass der Professor ihm eröffnete:

„Das machen Sie sehr gut. Ich werde Ihnen noch eine schwere Zusatzfrage stellen, die Sie nicht beantworten müssen. Wenn Sie sie jedoch richtig beantworten können, biete ich Ihnen eine Assistentenstelle an meinem Institut an."

Diese Zusatzfrage hatte Gernot damals nicht beantworten können. Seine Noten waren trotzdem sehr gut und er verließ die Universität mit einem ausgezeichneten Zeugnis. Damals hatte er eine Weiche gestellt. Hätte er die Zusatzfrage richtig beantwortet und die Assistentenstelle erhalten, wäre er an der Universität geblieben, hätte promoviert und sein Leben wäre anders verlaufen.

Das wollte er jetzt ausprobieren! Er kannte ja die Frage, wälzte die Bücher und fand eine gute Antwort. In der Prüfung konnte er damit glänzen und der Professor bot ihm die Stelle an. Glückwunsch!

Später machte er sich Gedanken: Wenn er diesem Pfad seines Lebens folgen würde, käme er nie zu der Firma, in der er all die Jahre gearbeitet hatte. Sein Leben wäre völlig anders verlaufen. Er wollte es aber nicht anders haben.

Er würde die Stelle nicht antreten.

Dem Professor brauchte er das nicht zu erklären. Die Zeitblase würde sowieso ohne Folgen zerplatzen.

Er schlief abends ein und kehrte kurz zurück, um gleich wieder zurückzuspringen.

31.

Er spürte die Wärme und sah die Umgebung. Er war mit Susanne per Auto an den Gardasee gefahren und nun standen sie auf dem Hauptplatz von Riva del Garda. Er wusste sofort, wie es weitergehen würde.

Sie würden parken und zu Fuß ein Hotel suchen gehen. Wenn sie zurückkehrten, würden sie ihr Auto geknackt vorfinden und ihr Gepäck wäre verschwunden.

Diesmal würde er es anders machen. Er fuhr an den Ortsrand, suchte eine malerische Taverne und bat Susanne, beim Auto zu bleiben. Es selbst ging hinein und fragte nach einem günstigen Hotel, wo man auch sein Auto sicher abstellen können. Er gab ein gutes Trinkgeld und erhielt eine gute Empfehlung.

Das Hotel gefiel ihnen und sie buchten für ein paar Tage. Abends nahm er sich ein paar Augenblicke, um eine Skizze der blauen Blume anzufertigen. Dass sie etwas flüchtig daherkam, störte im Grunde nicht, wohl aber fehlte auch diesmal noch etwas. Er wusste beim besten Willen nicht, was es sein sollte.

Im Anschluss gingen sie in der netten Taverne von vorher essen und schliefen danach bei weit geöffneten Fenstern ein.

Dies war nicht das einzige Mal, dass ihr Auto geknackt wurde.

Er sprang gleich zum nächsten Mal.

32.

Er hatte mit Susanne eine Rundreise mit dem Auto durch die neuen Bundesländer machen wollen und sie befanden sich in Frankfurt an der Oder.

Um in einem Restaurant essen zu gehen, hatten sie ihr Auto abgestellt. Als sie zurückkamen, sahen sie gerade noch, wie es davonfuhr. Wild gestikulierend liefen sie hinterher. Sinnlos!

Da hielt ein anderes Auto neben ihnen und der Fahrer fragte, ob er ihnen helfen könne.

„Ja, sie schickt der Himmel. Da hat gerade jemand unser Auto gestohlen. Könnten Sie bitte mit uns hinterherfahren?", bat Gernot.

„Na gut. Steigen Sie ein!", meinte der Autofahrer.

Sie stiegen ein und folgten ihrem Auto. Es fuhr aus der Stadt hinaus und bog dann in einen Waldweg ein. Sie hinterher.

Dann wurde es ihnen doch unheimlich. Was, wenn der Autodieb sich gewalttätig verhalten würde?

Sie sagten zu ihrem Fahrer:

„Warten Sie! Das ist uns doch zu gefährlich. Wir sollten lieber die Polizei rufen."

Der Fahrer hielt, drehte sich um und richtete eine Pistole auf sie.

„Das sollten Sie lieber nicht tun", feixte er.

Sie waren vom Regen in die Traufe geraten. Hilflos hoben sie die Hände.

Inzwischen hatte der Autodieb mit ihrem Wagen zurückgesetzt, stieg aus und kam hinzu. Die zwei kannten sich! Es war alles ein abgekartetes Spiel.

Die beiden raubten sie aus, taten ihnen aber sonst nichts. Sogar ihre Papiere ließen sie ihnen. Wie nett! Mitfühlende Räuber. Da hatten sie noch Glück im Unglück gehabt.

Dann flüchteten die beiden Verbrecher mit den beiden Autos. Gernot und Susanne blieb nichts anderes übrig, als zu Fuß zum Ort zurückzugehen und Anzeige zu erstatten. Sie warteten lange, aber es gab keinerlei Fahndungserfolg.

Das brauchte er nicht noch einmal. Diesmal parkte Gernot auf einer belebten Straße der Innenstadt und es passierte nichts.

So wurde es noch ganz angenehm.

Und der nächste Sprung folgte.

33.

Er verbrachte noch einmal einen Tag mit seiner Frau Susanne und seinem Sohn Lothar. Sie machten Urlaub im Bayerischen Wald und unternahmen an diesem Tag eine Wanderung zum Großen Arber.

Das Ganze ereignete sich zu einer Zeit, da Smartphones noch nicht so verbreitet waren. Hätten sie eins gehabt, wäre wohl nicht passiert, was sie ihnen geschah: Sie verirrten sich auf dem Rückweg, den sie in eine große Rundwanderung integrieren wollten.

Gewohnheitsmäßig hatte Gernot die Führung übernommen und sich mehrmals geirrt. Es dauerte lange, bis er es eingesehen hatte, und noch länger, bis sie mit vereinten Anstrengungen und nach einigen Umwegen doch noch ihr Ziel erreichten. Susanne und Gernot waren völlig erschöpft, der junge Lothar zeigte keinerlei Ermüdungserscheinungen. Er fand die Suche nach dem richtigen Weg spannend und war mit Feuereifer dabei.

Beim Abendessen sprach Lothar aus, was er fühlte:

„Heute war der coolste Tag des Urlaubs bisher."

„Freut mich, dass es dir gefallen hat", gab Gernot müde zurück.

Diesmal hatte Gernot keine Lust, wieder eine Odyssee zu erleben. Er schlug vor, denselben Weg zurückzugehen, auf dem sie gekommen waren, und Susanne stimmte zu. Lothar äußerte sich nicht.

Sie gelangten problemlos zum Auto zurück und fuhren zum Hotel. Beim Abendessen meinte Lothar:

„Was für eine öde Wanderung das heute war. Der Berg war nicht allzu hoch und der Weg bot auch nicht viel Abwechslung."

Gernot hatte das Gefühl, dass seine Änderung des Tagesablaufs nicht unbedingt positiv gewertet werden konnte. Sie hatte seiner Bequemlichkeit gedient, Lothar aber gelangweilt.

Egal. Es ging weiter.

34.

Gernot fuhr mit seiner Familie auf der Autobahn. Sie befanden sich auf dem Rückweg von ihrem Urlaub im Bayerischen Wald. Den ganzen Tag hatte es schon geregnet, jetzt aber hatte sogar ein Gewitter begonnen und der Regen ging urplötzlich in Starkregen über. Gernot hatte so etwas noch nie erlebt. Es schien, als ob er durch einen Wasserfall fuhr. Keine Sicht mehr, Gefahr von Aquaplaning! Zu allem Überfluss befand er sich auch noch auf der Überholspur. Er wäre gern nach rechts gewechselt, um langsamer zu fahren, konnte es aber nicht, da er nichts sah.

So blieb ihm nichts anderes übrig, als das Tempo mäßig zu reduzieren und zu hoffen, dass der Regen nachließ. Nach wenigen Minuten geschah das tatsächlich, die

Sicht wurde besser und er konnte sich rechts einordnen. Glück gehabt!

Als er diesmal zu diesem Tag zurückkehrte, hätte er die Fahrt gern verschoben, wenn er früher aufgetaucht wäre, aber er fand sich erst im Auto wieder, als der Starkregen schon eingesetzt hatte. Einen Augenblick war er noch benommen, dann erinnerte er sich an die Situation und ihren glimpflichen Ausgang.

Es würde alles gut gehen, sagte er sich und fuhr sorglos weiter. Etwas zu sorglos wohl. Kleinste Änderungen im Verhalten des Fahrers können in derartigen Situationen gewaltige Änderungen zur Folge haben. Gernot konnte sich nicht darauf verlassen, dass der Tag sich genauso wiederholen würde wie damals, wenn er als ein anderer agierte. Und so geschah es. Das Auto kam ins Schleudern, kollidierte mit einem daneben fahrenden und geriet außer Kontrolle. Die folgenden Fahrzeuge fuhren auf und es gab eine Massenkarambolage.

Gernot und seine Familie starben an diesem Tag. Glücklicherweise geschah es nicht in der Realität, sondern nur in Gernots Flashback.

Gernot erwachte in seinem Krankenzimmer. Noch lebte er. Nie hätte er gedacht, dass es die Vergangenheit nicht nur verbessern, sondern auch verschlechtern könnte. Jetzt erst erkannte er, welches Glück er und seine Familie damals gehabt hatten. Glück? Oder hatte Gott seine schützende Hand über sie gehalten? Für Gernot war Gott eine Instanz, die er nicht beschreiben konnte. Er konnte aber zu Gott beten und das tat er jetzt. Er dankte Gott für sein bisheriges Leben.

Dann riss es ihn wieder fort.

35.

Diesen Tag hätte er lieber nicht noch einmal erlebt: den Todestag seiner Mutter.

Er saß mit seinem Vater und seinem Bruder Achim an ihrem Bett. Sie war nicht mehr bei Bewusstsein. Damals hatte er seinem Vater und Achim Mut machen wollen, indem er flüsterte:

„Vorhin habe ich bei der Visite gehört, dass der eine Arzt zu einem anderen gesagt hat, dass es möglich sei, dass das neue Medikament noch anschlägt. Viel würde es nicht mehr helfen, aber vielleicht noch ein paar Tage bringen."

Sein Vater hatte geantwortet:

„Ich bin dankbar für jeden Augenblick, der uns noch bleibt, aber ich weiß nicht, was das Beste für sie ist. Sie quält sich sehr. Was ist noch zu hoffen, da sie doch nicht mehr gesund werden wird?"

Gernot und Achim hatten damals nur stumm genickt.

Diesmal wusste er, dass es zu Ende ging. Er verzichtete darauf, seinem Vater und Achim falsche Hoffnungen zu machen, und betete gemeinsam mit ihnen für seine Mutter.

Sie starb friedlich, ohne noch einmal aufzuwachen.

Er sollte auch den Tod seines Vaters noch einmal erleben.

36.

Der Tod seines Vaters hatte sich abgezeichnet. Gernot hatte seinen Bruder Achim benachrichtigt, der zu dieser Zeit in den USA arbeitete. Achim flog zurück nach Hause, um seinen Vater noch einmal zu sehen.

Leider kam er damals zu spät. Das Tragische: Es war ganz knapp. Er hätte es noch schaffen können, wenn in Frankfurt auf eine andere Fluggesellschaft umgebucht hätte. Das stellte sich erst im Nachhinein heraus und Achim machte sich deswegen Vorwürfe.

Die würde Gernot ihm diesmal ersparen. Er rief Achim an und legte ihm die effektivere Variante nahe. Achim folgte ihm und kam rechtzeitig an, um noch ein paar Worte mit seinem Vater wechseln zu können. Gernot und er trösteten sich danach gegenseitig.

Es wurde eine traurige Rückkehr an sein eigenes Krankenlager und dann kam ein anderer Tag.

37.

Susanne und er kauften im Supermarkt ein. Das taten sie zweimal pro Woche und nichts hätte diesen Einkauf von den anderen unterschieden, wenn da nicht dieser Spontankauf einer Pralinenschachtel gewesen wäre. Gernot wollte Susanne ein Überraschungsgeschenk damit machen.

Die Überraschung gab es tatsächlich und zwar beim Auspacken zu Hause, als sie die Pralinen gemeinsam genießen wollten. Noch nie hatten sie so alte Pralinen gesehen: verschrumpelt und ungenießbar. Der Blick auf die Verpackung zeigte, dass das Mindesthaltbarkeitsdatum um drei Jahre überschritten war. Das hätten sie theoretisch schon im Supermarkt sehen können, aber wer überprüft schon bei jedem einzelnen Artikel die Haltbarkeit?

Wütend kehrten sie in den Supermarkt zurück und reklamierten. Die Dame an der Information entschuldigte sich: Der Artikel würde so selten gekauft, dass die alte Packung wohl übersehen worden wäre. Natürlich erhielten sie ihr Geld zurück.

Eine neue Pralinenschachtel kauften sie nicht mehr. Der Appetit war ihnen vergangen. Stattdessen besorgte Gernot seiner Frau einen schönen Blumenstrauß, worüber diese sich nicht minder freute.

Diesmal wusste Gernot, was ihn erwartete und tappte nicht wieder in die Falle. Er kaufte gleich einen Blumenstrauß und alles war in Ordnung. Einen Augenblick dachte er noch daran, die Pralinenschachtel zu holen und an der Information abzugeben, um anderen Käufern eine Enttäuschung wie die seine zu ersparen, dann aber fiel ihm ein, dass dies völlig überflüssig wäre, da dieser Tag nur in seinem Kopf existierte. Er fuhr mit seiner Frau nach Hause.

Das sind so die kleinen Tücken des Alltags. Nichts Besonderes und doch besteht unser Leben daraus. Der nächste Tag, den er erlebte, sollte auch nicht aufregender sein.

38.

Gernot und Susanne hatten zwei Autos, seit sie wieder beide berufstätig waren. Jeder hatte seins, beide Autos waren nichts Besonderes. Trotzdem fuhr Gernots Wagen etwas schneller als Susannes und eignete sich für Überlandfahrten besser. An diesem Tag wollte Susanne eine Freundin auf dem Land besuchen und fragte Gernot, ob sie nicht für den Tag die Autos tauschen wollten. Kein Problem für Gernot.

Susanne meinte noch beiläufig:

„Schatz, wenn du mit meinem Wagen unterwegs bist, könntest du ihn bitte auch auftanken … Und sieh bitte mal nach dem Öl und nach der Scheibenwischanlage. Ach, da leuchtet übrigens so ein Licht am Armaturenbrett. Vielleicht könntest du überprüfen, was es ist?"

„Klar, mache ich", brummte Gernot gutmütig, obwohl er wusste, dass da noch einiges zu tun sein würde und er mindestens eine Stunde brauchen würde.

Aber das tat er gern für seine Frau.

Als er diesmal diese Situation erlebte und seine Frau ihn nach dem Autotausch fragte, sagte er sofort:

„Geht in Ordnung, Liebling. Bei der Gelegenheit kann ich gleich mal deinen Wagen durchchecken."

„Danke, Gernot, du bist ein Schatz", jubelte seine Frau und gab ihm einen Kuss.

Er sollte noch einmal Gelegenheit bekommen, seiner Frau seine Liebe zu beweisen.

39.

Susanne hatte sich ins Schlafzimmer zurückgezogen und die Tür zugemacht. Sie wollte einen Mittagsschlaf halten, wie sie es zu der Zeit öfter tat, und wollte nicht gestört werden.

Nach einer Weile klingelte es an der Wohnungstür und Gernot ging hin. Es war die Nachbarin, Frau Siftanski, die Susanne den neuesten Hausklatsch erzählen wollte. Gernot teilte ihr mit, dass seine Frau gerade schliefe, aber er würde ihr nachher alles ausrichten.

Frau Siftanski, eine jener Frauen, die trotz einer gewissen Attraktivität irgendwie keinen Mann abbekommen hatten, drängte sich an Gernot vorbei in den Hausflur. Da sie ihm nun schon körperlich so nahegekommen war, drückte sie sich weiter an ihn und flüsterte:

„Und Sie hätten nicht auch Lust auf ein paar Bettspielchen?"

Gernot gab entrüstet zurück:

„Aber, Frau Siftanski, was soll das? Ich bin ein verheirateter Mann!"

„Ihre Frau braucht ja nichts davon zu erfahren", gurrte die liebestolle Frau.

In diesem Moment trat Susanne hervor, die ihr Zimmer verlassen hatte, um die Toilette aufzusuchen.

„Wie können Sie es wagen, meinen Mann anzumachen", fauchte sie und Frau Siftanski ergriff schleunigst die Flucht.

Gernot, der sich nichts vorzuwerfen hatte, beruhigte seine Susanne:

„Eine unverschämte Frau!"

Dann versuchte er es mit einem Späßchen:

„Immerhin hat sie einen guten Geschmack, was Männer betrifft."

Susanne grummelte:

„Ach was! Die alte Jungfer nimmt doch, was sie kriegen kann."

Darauf Gernot:

„So alt ist sie auch wieder nicht."

„Wage es nur nicht, sie in Schutz zu nehmen!"

So richtig entspannt war Susanne noch nicht.

Diesmal wollte Gernot mehr aus der Situation machen. Er wusste jetzt, dass Susanne ihn hören konnte, und trug ein bisschen dicker auf:

„Frau Siftanski, nur dass Sie es wissen: Ich liebe meine Frau und werde sie immer lieben. Jeden Tag liebe ich sie mehr und möchte mit ihr alt werden. Sie ist die Liebe meines Lebens, mein Leitstern in der Finsternis, mein Segen, meine Traumfrau. Für sie würde ich alles tun. Nie würde ich sie betrügen. Bitte respektieren Sie das!"

Frau Siftanski lenkte kleinmütig ein:

„Natürlich, entschuldigen Sie bitte. Ich wünsche Ihnen noch alles Gute mit Ihrer Frau."

Diesmal trat Susanne nicht hervor. Sie hatte zwar alles mitgehört, war aber so gerührt von der Liebeserklärung ihres Mannes, dass sie es geheim halten wollte. So hatte er ihr das persönlich nie gesagt. Na schön, sie wusste, dass er so empfand, ohne dass er es aussprach, aber die Worte zu hören, tat ihr gut. Gernot wiederum wusste, dass sie ihn gehört hatte und offenbar nicht darüber sprechen wollte.

Umso schöner entwickelte sich später am Abend eine Liebesnacht.

Die nächste Station auf Gernots Lebens-
reise sollte noch aufregender sein.

40.

Er saß bei einer illegalen Pokerrunde
und hatte ein Full House. Das Pokerspiel
hatte sich für eine kurze Zeit in seinem Leben zu einer Leidenschaft entwickelt. Er
kam einmal pro Woche hierher. An diesen
Abend erinnerte er sich. Er hatte damals
„gefolded", war trotz seines guten Blattes
ausgestiegen, weil seine Nerven versagt
hatten.

Der Grund für dieses Versagen lag darin, dass er in der Vorwoche sein Auto bei
einem Bluff verloren hatte. Er wollte sich
nie wieder so hochtreiben lassen.

Sein Pech. Beim Showdown zeigte sich,
dass der Gewinner nur eine Straße hatte.
Hätte Gernot mitgehalten, hätte er gewonnen.

Diesmal hatte er die Chance, das zu tun. Es ging wieder recht hoch, aber er konnte sich seiner Sache sicher sein. Am Ende hatte er neben reichlich Bargeld einen Flug mit dem Privatjet eines Kontrahenten nach Venedig gewonnen.

Abflug jederzeit. Wann immer er wollte. Es musste natürlich noch an diesem Abend sein. Gernot holte Susanne ab und sie starteten.

Schon immer hatten sie von einer Gondelfahrt bei Mondschein durch die Lagunenstadt geträumt. Nun ging der Traum in Erfüllung. Danach übernachteten sie in einem romantischen Hotel in der Nähe des Markusplatzes.

Er schlief erst spät ein, um wieder ins Krankenhaus zurückzukehren, und – schwups – war er wieder weg.

41.

Er saß in einem Großraumbüro. Dies war sein erster Arbeitsplatz, nachdem er in dieser Firma angefangen hatte. Zusammen mit mehreren anderen Berufsanfängern saß er an langen Tischen und arbeitete an einem Terminal, das mit dem Zentralcomputer der Firma verbunden war. Eine langweilige Arbeit! Endlose Tabellen mussten überprüft und zusammengeführt werden. Die Mehrheit der Mitarbeiter bestand aus Männern, nur ein paar wenige Frauen hatte es hierher verschlagen. Sie hatten ein schweres Schicksal in dieser Männerdomäne.

Neben ihm saß Hubert und einen Platz weiter Margie. Sie war an diesem Tag neu in ihrem Raum und Gernot erinnerte sich, dass sie gleich wieder den Platz gewechselt hatte. Er erinnerte sich auch, warum. Hubert hatte plötzlich ausgerufen:

„Jetzt bin ich doch glatt in die falsche Spalte gerutscht! Hoffentlich passiert mir das nicht mal bei einer Frau!"

Dabei hatte er Margie anzüglich zuge-
zwinkert. Diese errötete und verließ ihren
Platz.

Gernot konnte zwar insgeheim nicht
leugnen, dass das Wortspiel im Ansatz einer gewissen Lustigkeit nicht entbehrte,
fand aber, dass sich dieser Scherz in Anwesenheit einer Frau nicht gehörte.

Überflüssigerweise ließ er Hubert das
wissen:

„Das gehört sich nicht in Anwesenheit
von Frauen."

Hubert konterte:

„Was willst du? Sie ist weg. Zu spät, den
edlen Ritter zu spielen."

Und schon hatte Gernot sich seinen ersten Feind im Büro gemacht.

Darauf hatte er diesmal keine Lust. Er
verließ rechtzeitig den Raum, bevor Hubert
seinen Witz riss, und kehrte erst zurück, als
er Margie herausstürmen sah. Für diesen
einen Tag brauchte er keinen Streit.

Den Feind hatte er trotzdem und es sollte nicht der einzige bleiben.

Den nächsten traf er bei seinem nächsten Sprung.

42.

Er saß in der Teamsitzung der Bezirksleiter. Das bedeutete schon etwas und es machte ihm Spaß. Mit Volleifer vertiefte er sich in die Themen.

So fiel ihm auf, dass die Zahlen in Bezirk 7 zu wünschen übrig ließen. Er brachte das zu Sprache und erntete einen hasserfüllten Blick von Oskar, der Bezirk 7 leitete.

Oskar bekam einen hochroten Kopf, stammelte irgendwelche Entschuldigungen und erhielt eine Rüge vom Chef. Man sah ihm an, dass er Gernot Rache schwor.

Gernot hatte sich seinen zweiten Feind gemacht. Weitere sollten folgen. Gernot hatte kein Gespür, Fettnäpfchen zu erkennen und ihnen auszuweichen. Er sah sie einfach nicht, oft nicht einmal dann, wenn er bereits hineingetreten war. Man musste es ihm explizit sagen.

Diesmal wollte er den Ablauf ändern. Nicht, dass er Oskar verschonen wollte. Der hatte sich in der Folge dieses Tages als ein nachtragender hinterhältiger Intrigant entpuppt, der ihm zu schaden versucht hatte, wo er nur konnte.

Nein, er wollte ihn härter treffen. Er hatte damals in den nächsten Monaten so viel Negatives über Bezirk 7 erfahren, dass er nun Munition für eine ganze Salve von Beschuldigungen gegen Oskar hatte. Er brachte ihn arg in Bedrängnis und es hätte nicht viel gefehlt, dass dieser seine Position als Bezirksleiter verloren hätte. Geschah ihm recht, sagte sich Gernot.

Ein schlechtes Gewissen hatte er nicht. Dies war ja nicht die Realität.

Abends war er geschafft, fiel in sein Bett, kehrte zurück und reiste weiter.

43.

Er stand in der Kaffeeküche der Firma, wo gerade alle ihre Kaffeepause machten. Manche rissen ihre Witze, andere diskutierten Sachthemen und wieder andere suchten Streit. So auch Oskar, der Gernot immer noch auf dem Kieker hatte. Er machte Gernots Beitrag, den dieser in einer gerade vorangegangenen Sitzung abgeliefert hatte, herunter und endete mit den Worten:

„Du bist für deine Stelle überhaupt nicht qualifiziert!"

Damals hatte Gernot geantwortet:

„Das hast nicht du zu entscheiden."

Ihm dämmerte schon gleich danach, dass sein Konter recht lahm war, und in der Tat behielt Oskar an diesem Tag die Oberhand.

Diesmal jedoch war Gernot vorbereitet. Er hatte inzwischen lange nachgedacht, was er damals hätte antworten sollen, und wusste es jetzt. Wie aus der Pistole geschossen kam seine Replik:

„Klar, ich habe die Stelle nur wegen meines guten Aussehens bekommen."

Und schon hatte Gernot die Lacher auf seiner Seite.

Die Firma sollte auch Ziel seines nächsten Rücksprungs sein.

44.

Seine nächste Station: ein Korridor in seiner Firma. Zunächst konnte er nicht feststellen, um welchen Tag es sich handelte. Also ging er in sein Büro, um seinen Kalender zu konsultieren. Da wurde es ihm klar. Es handelte sich um den Tag, an dem er nach Dienstschluss von ein paar missgünstigen Kollegen in der Tiefgarage abgepasst und zusammengeschlagen wurde. Er musste sich damals im Krankenhaus behandeln lassen, wobei er angab, eine Treppe hinuntergestürzt zu sein.

Zeugen gab es sowieso nicht und, wenn die Sache in der Firma publik geworden wäre, hätte man alle Beteiligten entlassen – auch ihn.

Diesmal würde es anders ablaufen. Er verließ sofort unentschuldigt die Firma und besorgte sich in einem Waffenladen eine Dose Pfefferspray. Zurück in der Firma steckte er das Spray griffbereit in seine Jackentasche.

Der Feierabend kam und er ging seinen gewohnten Gang in die Tiefgarage, wohl wissend, an welcher Ecke die Angreifer lauern würden.

Als sie schließlich hervorstürmten, hatte er das Spray schon in der Hand und begrüßte jeden von ihnen mit einer geballten Ladung Pfefferspray direkt ins Gesicht. Jammernd taumelten die drei Gestalten geblendet umher und Gernot ging unbehelligt zu seinem Wagen, ein Lächeln auf den Lippen. Es machte Spaß, die Vergangenheit umzuschreiben.

An seiner Situation im Krankenhaus hatte sich derweil nichts geändert.

45.

Wieder eine Sitzung, diesmal mit Mitgliedern des Vorstandes der Firma. Sehr wichtig! Gernot sollte über ein Projekt berichten, war aber von Oskar hereingelegt worden. Oskar hatte die Rückmeldungen einiger Beteiligter sabotiert, wobei er auf die Hilfe der Sekretärin hatte zählen können. Ja, man darf auch die untergeordneten Dienstkräfte nicht unterschätzen.

Nun brachte also Gernot seinen Bericht zu Gehör, wobei einige Lücken klafften, die Oskar scheinbar hilfsbereit füllte. Oskar gelang es, sich in ein günstiges Licht zu setzen und Gernot in ein schlechtes.

Das Tüpfelchen auf dem i stellte ein Zahlendreher dar, den Oskar in die Unterlagen eingeschmuggelt hatte. Er sah aus wie ein Flüchtigkeitsfehler, den Gernot begangen hätte. Wenn er nur nicht bei einem Millionenbetrag aufgetreten wäre! Was für eine Blamage!

Punktverlust für Gernot.

Diesmal kannte er den Hinterhalt, besorgte sich die Informationen, korrigierte den Zahlendreher und konnte glänzen. Oskar versuchte zwar noch querzuschießen, jedoch ohne Erfolg.

Für diesmal hatte Gernot den Tag retten können, aber in der Geschichte blieb seine Niederlage vermerkt.

Es sollte noch einige solche Angriffe von Oskar auf Gernot geben. Gernot seinerseits verzichtete auf Vergeltung, zum Teil, weil er ein gutmütiger Trottel war, zum Teil auch, weil er gar nicht gewusst hätte, wie man erfolgreich intrigiert.

Weitere Probleme entstanden ganz von allein.

46.

Zwischen Oskar und ihm hatte sich ein Wettstreit entwickelt. Ihre beiden Abteilungen standen in Konkurrenz miteinander. Während Gernot ehrlich spielte, nutzte Oskar unlautere Tricks.

An diesem Tag bat Gernot Gustav, das Faktotum der Firma, seine Bestellung gleich nach der Lieferung in seine Abteilung zu leiten. Die Teile wurden dringend gebraucht. Am Nachmittag fragte er bei Gustav nach. Der prüfte die Unterlagen und fand, dass Oskar, der die gleichen Teile später bestellt hatte als Gernot, einfach die Unterlagen ausgetauscht hatte und somit die Lieferung früher erhalten hatte.

Eine ganz linke Tour. Und er war damit durchgekommen! Gustav fluchte:

„So ein Mist! Ich habe nicht aufgepasst. Ich könnte mich in den Hintern beißen vor Wut!"

Lächelnd bemerkte Gernot:

„Wie würdest du das wohl anstellen?"

„Ganz einfach: Ich würde mein Gebiss herausnehmen und damit zuschnappen."

Gernot musste lachen. Gut, hier konnte er nichts mehr machen und musste eine Niederlage gegen Oskar hinnehmen. Trotzdem gab es einen Gewinn für ihn: Gustav hatte Oskar nun durchschaut und würde künftig auf Gernots Seite stehen.

Als Gernot diesmal den Tag begann, kannte er den Lieferzeitpunkt, ging zu dieser Zeit zum Liefereingang und ließ seine Lieferung nicht aus den Augen, bis sie in seiner Abteilung angekommen war. Zumindest der Blick in Oskars enttäuschtes Gesicht entschädigte ihn für seine Niederlage in der Realität.

Nochmals verschlug es ihn in die Firma.

47.

Gernot erfuhr von seinem Chef, dass er in eine andere Stadt versetzt werden würde. Nur für drei Jahre. Als ob das nichts wäre! Es wäre notwendig, betonte sein Chef. Er hätte keine Wahl.

Gernot hatte damals notgedrungen zugestimmt. Diesmal versprach er, seine Antwort am nächsten Tag zu geben.

„Von mir aus", meinte der Chef. „Aber wenn Sie nicht mitmachen, können Sie gleich kündigen."

Das hörte sich nicht gut an. Der Arbeitsmarkt sah derzeit katastrophal aus.

Am Abend besprach Gernot die Sache mit seiner Frau und seiner Tochter. Sie würden umziehen müssen. Es gab keine andere Möglichkeit. Zum Pendeln war die Entfernung viel zu groß, eine doppelte Haushaltsführung konnten sie sich finanziell nicht leisten.

Er würde einen gewaltigen Umbruch in ihrem Leben bedeuten. Betty hatte gerade ihr erstes Schuljahr in der Grundschule abgeschlossen. Sie hatte sich dort eingelebt, Freunde gefunden. Sie da herauszureißen, dürfte hart werden. Susanne hatte auch einen Job, Freunde, Bekannte, ein Lebensumfeld, das sie ungern aufgeben würde. Aber es musste sein. Wenn Gernot als der Hauptverdiener der Familie arbeitslos würde, stünden sie vor weit größeren Schwierigkeiten.

Eigentlich war die Situation klar, die Entscheidung lag auf der Hand. Damals hatten sie in den sauren Apfel beißen müssen.

Diesmal wäre es fast gleich abgelaufen. Gernot saß mit seiner Familie zusammen und holte Luft, um die Sache zu besiegeln. Aber da stach ihn plötzlich der Hafer. Was hatte er zu verlieren? Die Zukunft war doch schon geschrieben. Es ging nur um das Jetzt. Er sagte:

„Es ist mir egal, wie es ausgeht. Wir bleiben hier!"

Susanne und Betty jubelten und fielen ihm um den Hals. So glücklich hatte er sie selten gesehen. Susanne fragte ihn zwar noch, wie er das schaffen wolle, aber er vertröstete sie mit den Worten:

„Mach dir keine Sorgen! Ich werde mir etwas einfallen lassen."

In der realen Vergangenheit waren sie umgezogen und hatten darunter gelitten. Hatte es womöglich sogar mit Bettys Krebserkrankung zu tun? Psychosomatik? Das würde er nie wissen. Aber er wusste jetzt, dass er mit der alternativen Entscheidung Frau und Tochter glücklich gemacht hätte. Hätte er die Situation auch so bewältigen können? Vielleicht hätte er das Wagnis eingehen sollen, vielleicht nicht. In dieser Ungewissheit schlief er ein.

Ein neuer Flashback setzte ein.

48.

Betty bekam einen Bruder. Sie nannten ihn Lothar. Er musste per Kaiserschnitt geholt werden. Das zeichnete sich ziemlich früh ab. Trotzdem bestanden die Ärzte darauf, dass Susanne die Wehen durchlitt. Der Körper würde sich erst dadurch von Schwangerschaft auf Mutterschaft umstellen, behaupteten sie. Es wäre ein psychosomatischer Prozess. Gernot, der Susannes Qualen mitansehen musste, spielte den wilden Mann. Er rannte von Pontius zu Pilatus, um die Operation vorzuziehen. Erfolglos. Die Operation wäre kein Spaziergang, wurde ihm gesagt, und müsse genau zum richtigen Zeitpunkt erfolgen. Gernot hatte getobt.

Dieses Mal jedoch kannte er bereits den Ausgang der Auseinandersetzung und fügte sich den Notwendigkeiten. Er saß bei Susanne und tröstete sie, so gut er konnte, bis es endlich so weit war.

Sein Sohn würde ihm noch viel Freude machen.

Jetzt aber sprang er wieder.

49.

Gernots Schwiegermutter Magda kam zu Besuch. Lothar war gerade sieben Monate alt geworden und schrie am laufenden Band. Er schrie gern und oft. Magda war nicht so oft da, dass sie diese Gewohnheit kannte. So kam es, dass sie ihrer Tochter einen unerwünschten Ratschlag gab:

„Susanne, ich glaube, er hat Hunger."

Diese antwortete:

„Was denn? So ein kleines Kerlchen braucht Nahrung? Ich dachte, das wäre mit dem Abstillen erledigt."

Ihre Mutter konterte:

„Du brauchst nicht gleich pampig zu werden!"

Susanne tröstete sie, indem sie ihr das Füttern ihres Enkels überließ. Was gibt es Schöneres für eine Oma?

Gernot freute sich. Damit war die Schwiegermutter beschäftigt. Er und seine Frau setzten sich vor den Fernseher.

Die Schwiegermutter nahm ihren Job sehr ernst und wollte alles allein machen. Als das Gläschen leer war, der Kleine aber noch Hunger hatte, ging sie mit ihm in die Küche, um ein neues zu holen. Sie wühlte in den Schränken herum, in der Meinung, die Gläschen müssten doch griffbereit ir-gendwo stehen.

Dabei stieß sie auf eine durchsichtige Tüte mit einem weißen Pulver. Ein furchtbarer Verdacht stieg in ihr auf:

„Susanne, ist das Kokain?", rief sie laut.

Susanne kam herbeigelaufen:

„Aber nein, das ist Stevia-Pulver zum Süßen", beruhigte sie ihre Mutter.

„Macht das nicht unfruchtbar", wandte Magda noch ein.

„Diese Behauptung ist inzwischen widerlegt. Außerdem siehst du ja, dass es mit unserem Lothar geklappt hat."

Immer musste sich Magda in die Angelegenheiten ihrer Tochter einmischen! Mütter tun so etwas nun einmal.

Diesmal wollte Gernot ihr eine Lektion erteilen. Nur für den Augenblick natürlich! Nach Ablauf des Tages wäre ja alles wieder ungeschehen.

Bevor die Schwiegermutter eintraf, nahm er ein Kondom, zerschlug ein rohes Ei und füllte das Eiweiß in das Kondom. Es sah aus wie ein benutztes Kondom. Dieses legte er neben die Stevia-Tüte.

Jetzt brauchte er nur noch die Ereignisse abzuwarten.

Als Magda in die Küche ging, spitzte er die Ohren. Es dauerte nicht lange, da hörte er einen spitzen Schrei.

„Alles in Ordnung?", fragte Susanne besorgt.

„Ja, ja, kein Problem", beschwichtigte Magda.

Danach nichts mehr. Nach einer kurzen Weile kam Magda bleich ins Wohnzimmer und fragte, wo denn die Gläschen mit der Babynahrung wären.

Wenn das im wahren Leben passiert wäre, würde sie nie mehr in den Schränken ihrer Tochter wühlen.

Aber das blieb ein Wunschtraum und Gernot machte sich wieder auf den Weg.

50.

Nochmals befand er sich auf dem Flur seiner ehemaligen Firma. Diesmal kannte er den Zeitpunkt; denn ein Mitarbeiter stürmte auf ihn zu, um ihm mitzuteilen, dass der Chef ihn sprechen wollte. Den durfte man nicht warten lassen.

Gernot erinnerte sich an das Gespräch. Es war damals recht unangenehm verlaufen. Der Chef würde ihm seine ausbleibenden Erfolge vorwerfen, seine mangelnde Effektivität beklagen und mehr Einsatz fordern. Diese Schimpftiraden kannte er schon, aber er wusste, dass es diesmal schlimmer sein würde als jemals zuvor und damit enden würde, dass ihm der Chef mit seinem Rauswurf drohte. Damals hatte Gernot gekuscht und sich kaputtgeackert. Als Belohnung durfte er das bis zu seiner Verrentung tun.

War das seinerzeit geschickt gewesen?

Diesmal würde er sich nichts gefallen lassen. Er wusste, dass seine Handlungen in dieser Rückblende ohne jegliche Konsequenzen bleiben würden. Also entschloss er sich, dem Chef Kontra zu geben.

Er betrat den Raum und ließ den Chef gar nicht erst zu Wort kommen:

„Ich weiß, sie wollen mir meine ausbleibenden Erfolge vorwerfen, meine mangelnde Effektivität beklagen und mehr Einsatz fordern. Das können sie sich sparen. All diese Entwicklungen sind auf ihre falsche Führung zurückzuführen. Ich wüsste schon, wie man das besser machen könnte, aber mir geben Sie ja keine Chance. So hat das keinen Sinn. Entweder machen Sie mich sofort zu ihrem Stellvertreter oder ich verlasse die Firma.“

Dem Chef blieb vor Erstaunen der Mund offenstehen. Dann schluckte er und stammelte:

„Na schön, wenn Sie meinen, dass Sie es besser können, dann spielen Sie eben ab heute meinen Stellvertreter. Mal sehen, wie es läuft.“

Gernot staunte nicht schlecht. Er kehrte zurück in sein Büro und fragte sich, wie sein Leben wohl verlaufen wäre, wenn er damals auch so aufgetreten wäre.

Er kehrte ins Krankenhaus zurück, wo er immer noch keinen Herzschlag hatte.

51.

Und abermals ging es in die Firma. Es musste ein paar Wochen nach seiner Auseinandersetzung mit seinem Chef gewesen sein. Nichts hatte sich geändert. Von wegen Stellvertreter des Chefs! Die Vergangenheit konnte er nicht wirklich ändern. Er durchlebte sie noch einmal auf seine jetzige Weise, aber das blieb ohne jegliche Konsequenzen.

Sollte er jetzt zig eintönige Arbeitstage noch einmal durchleben? Nicht mit ihm. Er war jetzt in Rente.

Er nahm seine Jacke und verließ sein Büro. Jemand rief ihm hinterher, dass in einer halben Stunde ein Meeting stattfinden würde.

„Ohne mich!", rief er zurück und verließ das Gebäude. Seine Frau würde jetzt auch arbeiten. Wozu? Dies war nicht die Realität. Er besuchte sie und erzählte ihr, was los war. Sie konnte es nicht so recht glauben, war aber bereit mitzuspielen. Sie gingen in ein Café und Gernot bestellte ein Stück Sahnetorte nach dem anderen. Susanne, die nur einen Kaffee nahm, fragte ihn, was denn mit seiner Diät sei.

„Was für eine Diät?", lachte er. „Die mache ich doch schon lange nicht mehr. Außerdem sterbe ich gerade. Da macht Fett und Cholesterin auch nicht mehr viel Unterschied."

Als er satt war, ließ er noch eine Flasche Sekt kommen.

„Ich denke, du trinkst keinen Alkohol mehr", wunderte sich Susanne.

„Das ist völlig richtig, aber dies hier ist ja auch nicht die Realität", entgegnete Gernot, indem er die Gläser eingoss.

Wohlgelaunt torkelte er nach zwei Flaschen nach draußen. Sie nahmen ein Taxi nach Hause.

„Wann willst du das Auto holen?", fragte Susanne.

„Überhaupt nicht", entgegnete Gernot. „Es gibt kein Morgen."

Zu Hause angekommen fielen sie ins Bett, wo er selig einschlummerte.

Nur, um wieder im Krankenhaus aufzutauchenn.

52.

Der Job ließ ihn nicht los. Noch einmal saß er in der Firma. Sollte das die Hölle sein: dass er auf ewig in diese Tretmühle zurückkehren musste, nur um sinnlos zu ackern, ohne Aussicht auf Besserung?

Andererseits fühlte er sich in diesem Traum gesund. Wenn das nichts war?! Gesund statt Herzstillstand! Da nimmt man doch gern einiges in Kauf. Man sollte sich wirklich nicht so oft beklagen, dass man malochen muss, und stattdessen öfter mal dankbar sein, dass man es überhaupt tun kann, dachte er sich.

Außerdem tat er in der Firma inzwischen durchaus Relevantes. Er koordinierte die Anstrengungen einer Forschungsabteilung. Das hört sich nach mehr an, als es war: nur ein Verwaltungsjob. Er verwaltete die Forschungsergebnisse, was wiederum so viel hieß, dass er sie ordnete, bei Bedarf weiterleitete und bündelte. Im Prinzip nichts Besonderes und doch bedeutete es, dass er mit vertraulichem Material zu tun hatte. Industriespionage stellte überall ein Problem dar und auch er selbst wurde regelmäßig vom Sicherheitsbeauftragten der Firma überprüft. Nicht ohne Grund!

Denn schon klopfte es an seine Tür und eine umwerfend schöne junge Frau schlüpfte in sein Zimmer. Er erinnerte sich: Sie war eine Agentin, die über ihn an einige Firmengeheimnisse kommen wollte.

Sie hatte leuchtend rote Haare, eine Haut wie aus Alabaster und ein Gesicht, das Intelligenz, Charakter, Freundlichkeit und Güte ausstrahlte. Gernot erging es wie damals: Bei ihrem Anblick blieb ihm der Atem weg. Er blieb bei seinen damaligen Worten, bat sie, näherzutreten und fragte sie, was sie wolle.

Sie trat näher, so nahe, dass er einen Hauch ihres Parfums in die Nase bekam und legte ihre Hand sanft auf seinen Arm. Dann flüsterte sie:

„Hättest du nicht Lust, eine Pause zu machen? Ich wüsste, wie wir uns die Zeit besser vertreiben könnten. Danach können wir uns gemeinsam mit deinem Computer beschäftigen."

Es war klar, was sie wollte. Wie war sie nur hier hineingekommen? Sie musste ein Profi sein. Aber was für eine Frau!

Nicht jeder Mann hätte der Versuchung nachgegeben, aber die meisten Männer hätten verstanden, wenn er es getan hätte. Bei so einem Angebot konnte man doch nicht Nein sagen!

Andererseits wusste Gernot genau, wer es nicht verstehen würde: seine Frau! Sie hätte es als einen Test seiner ehelichen Treue gesehen und erwartet, dass er ihn mit wehenden Fahnen bestehen würde. Und er musste ihr in Gedanken recht geben.

Damals hatte er zu seiner Treue gestanden und gesagt:

„Es tut mir leid, aber ich bin bei der Arbeit und an meinen Computer werde ich Sie auf keinen Fall lassen."

Die Traumfrau hatte keine Miene verzogen, sondern weiter gelächelt und gemeint:

„Du bist ein anständiger Mensch. Bleib so!"

Dann war sie gegangen.

Gemeldet hatte er den Vorfall nicht. Es war ja nichts passiert und er hatte kein Interesse daran, sich wichtig zu machen.

Diesmal jedoch wollte Gernot es wissen. Seine Sprünge in der Zeit schienen keinerlei Konsequenzen zu haben. Wenn er etwas Verbotenes tat, wäre es, als ob er es in einem Traum täte. Wen interessierte es? Er konnte alles ausprobieren, was er wollte.

So ließ er es darauf ankommen.

„Okay, dann legen wir mal los", stieß er hervor.

Die Fremde machte sich daran, seinen Hosenschlitz zu öffnen, wovon er sie sanft abhielt. Das wollte er dann doch nicht. Wegen seiner Ehe mit Susanne hielt er das für zu viel. Und überhaupt widerstrebte es ihm, eine Frau in dieser Weise nur zu „benutzen". Er würde dieser Frau gern näherkommen, sie verehren, wenn er durfte, aber nicht auf so plumpe Art.

Was durfte er überhaupt und was nicht? Dass er sich in einem luziden Traum befand, hieß, dass nichts, was er tat, Konsequenzen hatte. Niemand würde davon erfahren, wenn er es nicht erzählte.

Aber gab ihm diese Tatsache grenzenlose Narrenfreiheit? Er hielt sich normalerweise immer an die Normen der menschlichen Gesellschaft. Das tat er ja nicht nur aus Furcht vor Konsequenzen, sondern, weil er glaubte, dass diese Normen vernünftig waren.

Also durfte er nicht Sex mit dieser Frau haben. Andererseits lockte hier eine Erfahrung, die er nie wieder in seinem Leben machen würde. Und sagt man nicht: Kann denn Liebe Sünde sein? Er konnte sich nicht entscheiden. So kam es zu einer Übersprungshandlung. Er versuchte, einen für ihn halbwegs akzeptablen Ersatz für Sex zu finden.

„Lass uns stattdessen kuscheln", schlug er vor. „Ich will einfach nur ein paar Augenblicke eng mit dir zusammen sein. Und purer Sex wird doch sowieso allgemein überbewertet."

„Da hast du recht", murmelte sie und zog ihn zu der Couch, die in seinem Büro für Gäste bereitstand. Dort machten sie es sich gemütlich. Die Spionin streichelte ihn und sprach dabei mit melodischer Stimme:

„Du bist mir sympathisch. Unter anderen Umständen könnte ich mich vielleicht in dich verlieben. So aber haben wir nur das hier. Ich finde auch, dass es besser ist als Sex. Wir können uns ein wenig annähern."

Damit schmiegte sie sich in seine Arme. Er versenkte sein Gesicht in ihre Haare, fuhr dann mit seinen Fingern ihre vollkommenen Gesichtszüge nach, strich auch über ihren straffen Busen, ihre schlanken Arme und ihre wohlgeformten langen Beine. Unter dem Bindegewebe schienen ihre Arme muskulös zu sein. Ob sie Kampfsport machte? Wahrscheinlich brauchte sie das manchmal in ihrem Job als Agentin.

Sie für ihren Teil umarmte auch ihn zärtlich und streichelte ihn überall. Und während er ihre Körperwärme durch seine Kleidung spürte, erzählte sie ihm das eine oder andere aus ihrem Leben. Nicht nur Erotisches, sondern auch Alltägliches, sogar Privates. Auch ihm entlockte sie einiges aus seiner Vergangenheit.

Jenny, so nannte sie sich, war nicht nur wunderschön, sie war auch richtig nett. Ob

Jenny ihr richtiger Name war, wusste er nicht, aber er brauchte es auch nicht zu wissen. Was ihn aber wirklich interessierte, war, wie eine solche Frau, die ganz auf seiner Wellenlänge zu liegen schien, sich zu einem solchen halbseidenen Job hergeben konnte. Er fragte sie direkt danach.

„Ich habe mir das nicht ausgesucht", antwortete sie ihm. „Ich musste nehmen, was ich kriegen konnte. Und in dem, was ich mache, bin ich ziemlich gut. Vielleicht kann ich eines Tages aussteigen."

Zögernd erzählte sie ihm von ihrem schweren Leben, den Verpflichtungen, die sie zu erfüllen hatte und die sie in diese Zwangslage gebracht hatten. Sie erwähnte ihre Großmutter, die an Parkinson litt und Unterstützung brauchte. Davon sprach sie nur zögerlich und mit der Bitte, Gernot möge das vertraulich behandeln. Gernot hatte nicht das Gefühl, belogen zu werden. Es konnte durchaus alles so gewesen sein, wie sie es darstellte. Sie tat ihm leid. Trotzdem konnte er nichts tun. Da stand ihm eine ganze Welt der Tragik gegenüber, gegen die er keine Chance hatte. Er fühlte sich Jenny eng verbunden und konnte sie dennoch nicht retten. Selbst wenn dies hier die Realität gewesen wäre – er hätte nicht die Möglichkeiten gehabt, die er dazu gebraucht hätte. So fühlt sich Machtlosigkeit an.

Hier gewährte sich ihm ein Blick auf ein unentrinnbares Elend hinter der Kulisse einer liebenswerten Person. Ihn erfasste Traurigkeit und unendliches Mitleid mit Jenny. Jetzt hätte er fast alles für sie getan.

Sie unterhielten sich noch lange ganz vertraut, mal tiefgründig, mal neckend. Jenny beherrschte das Spiel in Perfektion. Es war wundervoll. Sie schienen miteinander völlig zu harmonieren und offen zu sein. Und auch wieder nicht: Von ihrem Auftrag und ihren Auftraggebern gab Jenny natürlich nichts preis und er fragte nicht danach.

Der Deal stand. Gernot ließ sie schließlich an seinen Computer und gewährte ihr Zugang zu den Dateien, die sie suchte. Sie kopierte sie auf einen USB-Stick. Dann sah sie Gernot noch einmal tief in die Augen und verabschiedete sich mit einem intensiven Kuss von ihm. Lautlos verließ sie das Zimmer.

Gernot hatte kein schlechtes Gewissen seiner Firma gegenüber. Besonders gut hatten sie ihn nie behandelt.

Was Susanne betraf, da sah es anders aus. Er hatte nicht richtig gehandelt, so viel wusste er. Aber er sagte sich, dass es ja nicht real war. Und irgendwie hatte es ihn schon gejuckt, herauszufinden, was gewesen wäre, wenn er sich damals für das Angebot entschieden hätte.

Nun wusste er es und bereute dennoch nicht, sich damals anders entschieden zu haben.

Nach einer kurzen Rückkehr in die Realität ging seine Irrfahrt durch die Vergangenheit weiter.

53.

Auf seinem Kalender sah er, dass heute in der Firma ein großer Vertragsabschluss anstand. Die Firma sollte übernommen und in eine andere Firma integriert werden – ohne Verlust von Arbeitsplätzen.

Gernot wusste heute, dass es damals anders gekommen war. Die Firma wurde zwar verkauft, aber die neue Eigentümerin integrierte sie nicht, sondern verkaufte sie nach kurzer Zeit weiter – an einen Konkurrenten, der sie nun zwar integrierte, aber Synergien ausnutzte, um Arbeitsplätze abzubauen.

Auch wenn Gernots Arbeitsplatz nicht betroffen war, so kannte er doch einige Kollegen, die gehen mussten.

Dagegen wollte er etwas tun. Diesmal hatte er das Wissen um die Zukunft. Zwar wusste er, dass alles, was er heute erreichen würde, wie eine Blase zerplatzen würde, sobald der Tag vorbei wäre, aber er hätte keine ruhige Minute gehabt, wenn er es nicht trotzdem versucht hätte. Wie oft im Leben tut man sinnlose Dinge, nur weil sie einem richtig erscheinen?! So ist das Leben.

Gehe nicht zu deinem Fürst, wenn du nicht gerufen wirst, sagt das Sprichwort. Zu seinem Chef ging Gernot ungern, aber diesmal tat er es, warnte ihn vor der Gefahr, die er zu sehen vorgab, und bat ihn den Vorstand zu informieren.

Der Chef lachte ihn aus:

„Und woher wollen Sie das wissen?"

„Ich habe so ein Bauchgefühl. Es wird so kommen. Glauben Sie mir!", behauptete Gernot. Der wahre Grund wäre wohl kaum glaubhafter gewesen. Der Chef nahm ihn nicht ernst:

„Wenn Sie jetzt ein renommierter Experte wären, der sein Ohr am Puls der Zeit hat, würde ich ihnen vielleicht glauben. Aber Sie sind nur ein ganz kleines Rädchen im Getriebe und haben keine Ahnung von dem, was da oben vorgeht. Ich werde mich Ihretwegen nicht blamieren."

Damit schickte er Gernot weg. Der wagte noch einen letzten Versuch und bat im Sekretariat um einen Gesprächstermin mit dem Vorstandsvorsitzenden – unbedingt heute noch. Er bekam keinen.

So endete dieser Tag frustrierend für ihn.

Kurzer Zwischenstopp auf der Intensivstation, dann war er wieder unterwegs.

54.

Der Tag, zu dem er reiste, hatte langweilig angefangen, wurde aber dann doch interessant. Er sah Jenny wieder in der Firma. Sie hatte ihn nicht bemerkt und er folgte ihr unauffällig. Sie verschwand in Oskars Büro. Da Oskar sich zu seinem Feind entwickelt hatte, interessierte ihn das schon.

Er hatte damals eine Weile im Flur gestanden, ohne dass jemand vorbeigekommen wäre. Er konnte also diesmal ohne Risiko an der Tür lauschen. Auch bei Oskar versuchte Jenny ihre Masche, um an firmeninterne Informationen zu gelangen. Von ihm selbst, Gernot, hatte sie ja in der Realität nichts erfahren. Oskar hatte andere Interessen als Sex: Er wollte Geld, viel Geld. Jenny sagte zu und sie wurden sich handelseinig. Gernot hatte genug gehört.

Er wartete, bis Jenny herauskam, ging ihr hinterher und passte sie am Aufzug ab. Er sprach sie darauf an, welche Informationen Oskar ihr verkauft hätte, und erhielt keine Antwort. Gernot erinnerte sie an ihre Parkinson-kranke Großmutter, worauf Jenny erschrocken fragte:

„Woher wissen Sie das?"

„Ich weiß viel über Sie und es wäre besser für Sie, wenn Sie kooperierten."

Dann machte er ihr klar, dass er kein Interesse daran hätte, ihr zu schaden. Ihm ginge es nur darum, Oskar festzunageln.

Jenny merkte, dass sie in der Falle saß und zeigte sich zur Zusammenarbeit bereit. Sie gab Gernot Details zu Oskars Informationsübertragung sowie zu den Zahlungen an ihn, die sich nicht zu ihr zurückverfolgen ließen, aber doch auf Oskars Konten zu finden waren.

Gernot ließ sie gehen und merkte sich, wie er an die Daten kommen konnte. Mitnehmen konnte er nichts, wenn er den Tag verließ.

Aber wer weiß: Vielleicht konnte er sein Wissen noch nutzen.

Für den Tag hatte er genug.

55.

Eine ganz andere Situation hatte er jetzt zu meistern. Er befand sich in der finalen Verhandlung zu seinem Hauskauf. Er hatte mit Susanne ein hübsches Einfamilienhaus in der Vorstadt gefunden. Den Kontakt zum Verkäufer hatte er ohne Makler durch Beziehungen über drei Ecken hergestellt. Günstig für beide Seiten. Beide konnten sich eine Maklerprovision sparen. Nun ging es ums Eingemachte: um den Preis.

Gernot erinnerte sich, dass sie sich damals auf 570000 Euro geeinigt hatten, ein marktgerechter Preis. Trotzdem wäre es vielleicht noch ein wenig günstiger gegangen. Das wollte er jetzt ausprobieren.

Die ersten Verhandlungsschritte verliefen genau wie damals. Er hatte zuletzt 500000 geboten, der Verkäufer mit 600000 dagegengehalten. Er schlug vor:

„500000 zu 600000 – Das schreit doch nach einem Kompromiss. Wie wäre es mit der Mitte?"

„… und das wäre?"

„550000."

„Ich würde Ihnen auf 570000 entgegenkommen. Mein letztes Wort."

Dabei war es geblieben. Der Trick des Verkäufers war, Gernot den Mittelwert nennen zu lassen und diesen dann als Gernots Gebot zu behandeln.

Diesmal würde Gernot es besser machen. Zwar war es richtig, den Mittelwert vorzuschlagen, nachdem der Gegner geboten hatte. Dadurch lag der Mittelwert günstiger für ihn. Jedoch durfte er ihn nicht explizit nennen. Also antwortete er auf die Frage nach der expliziten Zahl:

„Nennen sie die Zahl!"

Der Verkäufer war ertappt und musste Farbe bekennen:

„Der Mittelwert wäre mir zu niedrig. Ich würde höchstens auf 570000 heruntergehen."

Aha, das schien nach wie vor seine Grenze zu sein. Mal sehen, ob man nicht doch darunter käme! Das Gebot des Verkäufers lag nun also bei 570000 und Gernot konterte:

„Ich könnte noch auf 530000 hochgehen."

Auf diese Weise lag der Mittelwert immer noch bei 550000 und Gernot hatte klargemacht, dass er nicht darüber gehen würde.

Zähneknirschend versuchte es der Verkäufer noch mit 560000, aber Gernot setzte 540000 dagegen.

Hier hakte es endgültig. Der Mittelwert lag immer noch bei 550000, aber es war klar geworden, dass der Verkäufer darauf nicht eingehen würde. Die Verhandlung stand dicht vor dem Scheitern. Der Verkäufer wollte sein Gesicht nicht verlieren. Gernot andererseits wollte wegen einer im Verhältnis zur Gesamtsumme geringen Differenz nicht alles platzen lassen. Er spielte ein bisschen Theater, rang dramatisch mit sich selbst und rückte schließlich mit einem letzten Kompromiss heraus:

„Mein allerletztes Angebot: 555000."

Nun sprang auch der Verkäufer über seinen Schatten und akzeptierte das Angebot. Geschafft: Gernot musste 15000 Euro weniger zahlen als beim letzten Mal.

Sie unterzeichneten einen Vorvertrag und nun würde alles seinen Gang gehen.

Gernot feierte zu Hause mit Susanne und Betty den Abschluss, bevor er schlafen ging.

Das Krankenhaus war wieder nur Zwischenstation.

56.

Er raste eine Skipiste hinunter und wusste sofort, wo und wann das war. Ein Stück weiter unten würde er an einem Pistenbuckel stürzen und sich das Bein brechen.

Diesmal würde er aufpassen.

Aber Moment mal – ihm fiel ein, dass er bei seinem anschließenden Krankenhausaufenthalt seinen späteren Freund Franz als Mitpatienten kennengelernt hatte. Das würde nicht geschehen, wenn er nicht stürzte.

Na ja, Franz war nett, aber seinetwegen einen Unfall in Kauf nehmen? Das ging dann wohl doch zu weit! Außerdem war er ja in der Realität schon sein Freund. Ein Opfer seinerseits wäre völlig überflüssig.

Er wich also dem Buckel aus, der wirklich sehr ungünstig lag. Glück gehabt! Da hörte er Susanne hinter sich aufschreien. Er hielt und drehte sich um. Diesmal war Susanne an dem Buckel gestürzt. Wie dumm von ihm! Er hätte sie warnen sollen.

Nun war es zu spät. Diesmal musste seine Susanne mit einem Knochenbruch ins Krankenhaus. Er begleitete sie und lernte zum zweiten Mal Franz und dessen Frau kennen. Es wurde ein angenehmer Nachmittag und Abend.

Im Hotel schlief er allein ein.

Im Krankenhaus war alles beim Alten und die nächste Episode schloss sich an.

57.

An diesen Tag konnte er sich auch gut erinnern. Es kam zu einem peinlichen Vorfall. Er war mit einigen Kollegen zu einer Konferenz in die Schweiz gefahren, wohnte in einem Nobel-Hotel und hatte an diesem Nachmittag ein wenig Leerlauf. Seine Kollegen hatten ihn gedrängt, mit ihnen einen Zug durch die Bars zu unternehmen, aber er hatte sich entschuldigt, um sich in seinem Zimmer kurz aufs Ohr zu legen.

Seine Kollegen hatten sich einen Spaß daraus gemacht, eine Prostituierte anzuheuern und zu ihm aufs Zimmer zu schicken – als Überraschung! Die Überraschung gelang: Gernot lag in Unterwäsche im Bett, als das leichte Mädchen an die Tür klopfte.

Ahnungslos rief er:

„Herein!", und schon war sie zu ihm in sein Bett gehüpft.

Es ergab sich ein heilloses Durcheinander, bis sie die Situation erklärt hatte. Dann aber war es zu spät! Warum?

Gernots Frau Susanne hatte von einer Freundin den Hinweis bekommen, dass es auf diesen Konferenzen wild zugehen solle. Ihr Tipp dazu: Susanne solle ihn einfach mal überraschen und sehen, wie er reagierte.

So stand Susanne just in diesem Augenblick plötzlich im Zimmer und machte große Augen. Ihr Mann in Unterhosen im Bett mit einer leichtbekleideten Frau?!

„Gernot! Was machst du denn da?", rief sie entgeistert.

„Susanne, ich kann dir das erklären", stammelte Gernot. Es gelang ihm tatsächlich, mit Hilfe der jungen Dame alles aufzuklären. Andere Frauen als Susanne wären vielleicht nicht so leicht zu überzeugen gewesen, aber Susanne kannte ihren Gernot. Alles in Ordnung.

Als Gernot diesmal an diesem Tag erwachte, überlegte er zunächst, später auf seinen Mittagsschlaf zu verzichten. Dann aber hatte er eine bessere Idee. Er gingt in eines der Luxusgeschäfte, die sich rund um das Hotel angesiedelt hatten, wohl weil öfter mal Männer ihren Frauen teure Geschenke mitbringen wollten, wenn sie ein schlechtes Gewissen hatten.

Er kaufte eine sündhaft teure Handtasche von einer dieser Marken, deren Namen er nicht aussprechen konnte. Diese versah er mit einem Schildchen, auf dem er seine Frau seiner Liebe versicherte, und versteckte sie unter dem Kopfkissen seines Bettes. Dann harrte er der Dinge, die da kommen sollten. Alles lief wie beim ersten Mal, nur mit dem Unterschied, dass er am Schluss die Handtasche mit einem „Tadaa!" hervorzauberte.

Susanne, die ihm schon alles geglaubt hatte, wusste plötzlich nicht mehr, was sie von der Sache zu halten hatte.

„Woher wusstest du, dass ich herkommen würde?", fragte sie überrascht.

„Das bleibt mein kleines Geheimnis", kicherte Gernot.

Dass Susanne sich damit nicht zufriedengeben würde, hätte er sich denken können und am Abend hatte er ihr alles erzählt. Sie glaubte ihm auch das erst nicht, aber mehr konnte sie nicht aus ihm herausbekommen.

Er schlief ein, um weiterzureisen.

58.

Schon wieder saß er in seinem Büro. Ein Blick auf den Kalender: der 16. September 2008, der Tag nach der Insolvenz der Bank Lehmann Brothers. Er erinnerte sich, dass an diesem Tag die Börsenkurse weltweit abstürzten. Sofort griff er zum Telefon, rief seinen Broker an und orderte einen Riesenbatzen Put-Optionen auf den DAX. Dann lehnte er sich zurück und wartete. Gut, ein bisschen arbeiten konnte er ja auch zum Zeitvertreib. Am Nachmittag verkaufte er die Optionen mit utopischem Gewinn und war jetzt ein reicher Mann. Aber nur für den Rest des Tages. Dann würde er in sein

Krankenhausbett zurückkehren. Das Geld lag indes abrufbereit auf seinem Konto.

Er musste etwas daraus machen und holte seine Frau ab. Sie gingen in das beste Restaurant der Stadt, aßen die teuersten Gerichte und tranken einen uralten Chateau Lafite dazu, den kostbarsten Rotwein, den sie im Restaurant hatten.

Susanne versuchte, ihren Mann zu bremsen:

„Verpulvere doch dein Geld nicht so. Das kann ich ja gar nicht mitansehen!"

Gernot erklärte ihr seine Situation und dass heute Abend alles wieder verschwinden würde.

„Und was ist mit mir", wollte Susanne wissen. „Verschwinde ich auch?"

„Ja, wir befinden uns in einer Zeitblase, die für einen Tag entsteht und dann wieder zerplatzt. Auch du kannst machen, was du willst und brauchst keine Konsequenzen zu befürchten."

„Gut, dann tanze ich jetzt auf dem Tisch", meinte Susanne und machte ihre Ankündigung wahr.

Man wollte sie zur Ordnung mahnen, aber Gernot steckte den Bediensteten ein Bündel Geldscheine zu und sie ließen sie gewähren. Andere folgten ihrem Beispiel und es kam richtig Stimmung in die Bude.

Spät abends fielen sie ins Bett und der Zauber dieses Tages war vorbei. Ein neuer Klartraum begann.

59.

An diesem Tag wollte er etwas für Herbert tun, der zu der Zeit noch sein bester Freund war. Sie kannten sich schon seit der Grundschule und ihre Freundschaft beruhte im Wesentlichen darauf, dass sie schon so viel zusammen erlebt hatten. Durch unzählige Ruinen, Baustellen, Hinterhöfe und Fabrikgelände waren sie als Lausejungen gestromert und hatten dabei ihre Kinderabenteuer erlebt. Später hatten sie sich zeitweilig aus den Augen verloren, aber immer wieder mal getroffen und sich gut verstanden.

Nun hatte Herbert seine Stelle verloren und Mühe, eine neue zu finden. In seiner Not hatte er Gernot um Hilfe gebeten. Der hatte sich einen Termin bei seinem Chef geben lassen, um zu fragen, ob es nicht in der Firma eine Möglichkeit gäbe, Herbert einzustellen.

Damals war ihm das als eine Selbstverständlichkeit erschienen, heute aber bedauerte er es. Seine Aktion hatte sich als erfolgreich erwiesen, Herbert war eingestellt worden und hatte sich auch als loyaler Kollege erwiesen. Ihre Freundschaft hatte sich dadurch sogar noch gefestigt.

Das böse Erwachen kam erst einige Jahre später, als Herbert sich an Susanne heranmachte. Susanne, zu dieser Zeit mit Gernot verheiratet, hatte Herberts Annäherungsversuche erst zu übersehen versucht, dann aber, als dieser immer aufdringlicher wurde, mit Gernot darüber gesprochen. Gernot hatte den falschen Freund zu Rede gestellt.

Der hatte den Sachverhalt nicht geleugnet, aber als Lappalie abtun wollen:

„Nun hab dich nicht so! Das macht doch heutzutage jeder. ‚Freundschaft plus‘ nennt man das. Du kannst es gern auch mit meiner Frau probieren."

Gernot hatte sich umgedreht und war weggegangen. Seinem ehemaligen Freund eine zu scheuern, kam ihm zu primitiv vor. Er ging ihm in Zukunft aus dem Weg.

Jetzt sollte er also diesem Kerl den Weg in die Firma ebnen! Diesmal nicht!

Er sagte den Termin bei seinem Chef ab. Das würde zwar den Lauf des Geschehens im Nachhinein nicht mehr ändern, aber es fühlte sich einfach richtig so an.

Das nächste Erlebnis war besser.

60.

Er befand mit Susanne auf einer Silvester-Party. Es handelte sich um jenen denkwürdigen Abend, an dem ein Gast ein Tuch an der Feuerzangenbowle entzündete. Ob absichtlich oder nicht, wusste keiner so genau.

Gernot machte sich den Spaß und sagte eine Weile vorher:

„Vorsicht! Max wird nachher noch Feuer fangen."

Zu dem Zeitpunkt konnte keiner etwas mit der Aussage anfangen, aber später unterstellte man ihm, er hätte sich mit Max abgesprochen.

Er setzte noch eins drauf als er vorhersagte, dass die Hausfrau das Besteck fallen lassen würde, was ein paar Sekunden darauf eintraf. Wieder hieß es, dass er sie alle nur verulken wolle.

Beim Bleigießen sagte er ziemlich gut voraus, was entstehen würde, aber das wirkte nicht so eindrucksvoll, weil das Er-

gebnis sich eben nicht eindeutig interpre-
tieren ließ.

Trotzdem wollten sie ihn jetzt überfüh-
ren und spielten Scharade. Hier versagte
seine Vorhersagekraft; dieser Entschluss
war neu. Diesmal hatte er durch seine Vor-
hersagen bewirkt, dass Scharade gespielt
wurde. Das war neu. Damals hatten sie
Monopoly gespielt.

Da die Ereignisse jetzt keine Wiederho-
lungen mehr waren, konnte er auch nicht
mehr wissen als die anderen. Er stellte sich
genauso dumm an wie alle anderen und
alle lachten ausgiebig.

Gut gelaunt schliefen sie im neuen Jahr
ein.

61.

Das erfreute sein Herz: Er wachte in einer Hütte an der Südsee auf. Diesen Urlaub hatten Susanne und er sich nach einer längeren Pause gegönnt. Gemeinsam waren sie nach Bora-Bora geflogen und verbrachten die Tage an einem Traumstrand mit Palmen, von dem sie einen grandiosen Blick auf den Berg Otemanu hatten.

Damals hatte Gernot es genossen, nichts zu tun als zu baden, zu tauchen, zu segeln, zu surfen und Cocktails zu schlürfen.

Diesmal jedoch glaubte er, das sei die ideale Gelegenheit, dem Fernweh einen Namen zu geben, indem er sein Bild der blauen Blume malte. Es könnte doch eine Südsee-Blume sein! Schnell besorgte er sich die Malutensilien und legte los. Am Abend war er fertig, aber nicht befriedigt. Das postimpressionistische Bild im Stil Gauguins hätte eigentlich als gelungen bezeichnet werden können, und doch genügte es seinen Erwartungen nicht. Gewiss, es fing den Zauber der Südsee ein, aber nicht das Darüber-Hinausgehende, das Universelle, das er suchte.

Unbefriedigt ging er zu Bett.

62.

Und schon war er zu einem Tag in seinem späteren Leben gereist. Er hatte in der Firma nicht nur seine Zeit abgesessen, sondern war auch aufgestiegen und bekleidete jetzt eine gehobene Stellung mit einer eigenen Sekretärin, Frau Schreiber. Sogar eine Praktikantin war ihm zugeteilt worden.

Diese Praktikantin, eine blutjunge glutäugige Schönheit, hieß Chantal Born. Gernot fiel auf, dass sie ein bisschen zu viel auf ihr Äußeres achtete und nicht wenig mit den Männern kokettierte. Mit allen, sogar mit ihm, obwohl er gar nicht mehr in ihre Altersklasse gehörte.

Ab und an gab es Unterweisungsgespräche mit ihr in seinem Büro unter vier Augen, was ihm nicht ganz geheuer war, weshalb er die Bürotür stets einen Spalt offenstehen ließ.

An jenem Tag gab es das letzte dieser Unterweisungsgespräche, da das Praktikum zu Ende ging. Mitten im Gespräch öffnete Chantal plötzlich ihre Bluse, stand auf, trat zu ihm und versuchte, sich auf seinen Schoß zu setzen. Es misslang, da Gernot aufsprang und entsetzt rief:

„Was tun Sie denn da? Lassen Sie das, Frau Born!"

Chantal stellte sich vor ihn und forderte:

„Machen Sie mich zu Ihrer persönlichen Assistentin, Herr Mayer! Sie werden es nicht bereuen. Sehen Sie nur meine Vorzüge!"

Und damit hob sie ihre Brüste an.

„Auf keinen Fall!", entrüstete sich Gernot.

„Wenn Sie es nicht tun, werde ich mir die Kleidung vom Leib reißen und um Hilfe rufen", drohte Chantal.

In diesem Moment trat Frau Schreiber in den Raum und herrschte Chantal an:

„Ich habe alles gehört. Hinaus mit Ihnen, Sie Flittchen!"

Chantal verzog sich und Gernot bedankte sich bei Frau Schreiber:

„Vielen Dank, Frau Schreiber. Ich muss das sagen, obwohl es eigentlich nicht in Ordnung ist, dass Sie mithören."

„Ich muss doch auf Sie aufpassen", lächelte Frau Schreiber.

„Ja, offenbar schon", lachte Gernot.

Zu jenem Tag sprang Gernot also. Als er diesmal den Tagesplan machte, bat er Frau Schreiber, den Termin mit Chantal zu streichen und stattdessen eine Video-Schalte zu vereinbaren. Die zuverlässige Sekretärin leitete alles in die Wege und Gernot geriet nicht in Gefahr.

Der Abend kam und ein neuer Tag.

63.

Ein aufregender Tag. Gernots Sohn Lothar stand im Abitur. Heute kam die mündliche Prüfung in Latein dran – sein schwächstes Fach. In der schriftlichen Prüfung war er mit einer Sechs gescheitert. Hier kam nun seine letzte Chance. Lothar hatte sich vorbereitet, aber das konnte die jahrelange Schlamperei in dem Fach nicht wettmachen.

Er schaffte die Prüfung mit Ach und Krach, was durch seine guten Leistungen in den naturwissenschaftlichen Fächern kompensiert wurde. Er bestand das Abitur.

So weit, so gut. Gernot beschloss: Diesmal sollte es besser für Lothar laufen. Er konnte sich erinnern, welchen Text Lothar damals bekommen hatte. Es handelte sich um einen Abschnitt aus Ciceros „De finibus bonorum et malorum". Gernot kannte die Textstelle noch aus seiner eigenen Schulzeit. Es kostete ihn nicht viel Mühe, den Abschnitt im Internet herauszusuchen, und er druckte ihn aus. Dann legte er ihn Lothar vor:

„Hier habe ich noch eine letzte Übung für dich. Übersetz das doch mal!"

Lothar antwortete unbekümmert:

„Danke, Papa, aber ich habe bereits alles getan, was ich tun konnte."

„Wie kann man nur so dumm sein!", entfuhr es Gernot. Dann erklärte er ruhig und überzeugend:

„Lothar, eigentlich wollte ich es dir nicht sagen, aber du zwingst mich dazu: Dies ist dein Abiturtext. Frag mich nicht, wie ich darangekommen bin. Es ist einfach so. Tu mir bitte den Gefallen und beschäftige dich damit!"

Das überzeugte Lothar dann doch und er übersetzte den Text.

Danach ging alles seinen Gang. Der Text kam in der Prüfung dran. Lothar glänzte bei der Übersetzung und bekam eine Eins. In Anbetracht der Vorzensuren bekam er als Gesamtnote eine Drei. Super.

Als er nach Hause kam, umarmte er seinen Vater und bedankte sich bei ihm:

„Vielen Dank für den Text, Papa! Wie hast du das nur gemacht? … Ist ja auch egal. Hauptsache, es hat funktioniert."

Gernot war stolz. So viel Anerkennung von seinem Sohn war er nicht gewohnt. Er freute sich darüber.

Die Realität hatte sich zwar nicht geändert, aber Gernot hatte ein schönes Erlebnis gehabt.

Mal sehen, wie es weiterging.

64.

Wieder hatte Gernot eine junge Praktikantin bekommen. Elisa hieß sie und verzauberte alle durch ihr freundliches Wesen. Auch Gernot gefiel sie und er fragte sich, ob sie nicht eine geeignete Frau für seinen Sohn Lothar sein könnte. Seit Lothar vor einiger Zeit von zu Hause ausgezogen war, wohnte er in einer Studentenbude. Einen kompletten Überblick über das Privatleben seines Sohnes hatte Gernot nicht, aber er glaubte zu wissen, dass er zurzeit nicht liiert war.

Eines Tages zeigte er Elisa nach einer Unterweisung ein Bild von Lothar auf seinem Smartphone und kommentierte es:

„Das ist mein Sohn Lothar. Wie gefällt er Ihnen?"

Elisa, die nicht wusste, was sie davon halten sollte, antwortete:

„Er sieht nett aus. Wieso?"

„Er ist Single. Hätten Sie nicht Lust, ihn kennenzulernen?"

Elisa war viel zu nett, um ihn einfach auszulachen. Interesse, mit dem Sohn ihres Chefs anzubandeln, hatte sie andererseits auch nicht. Sie entschied sich für eine ausweichende Strategie:

„Das kann ich so nicht sagen, ohne ihm begegnet zu sein."

„Sie können ihm begegnen, wenn er mich nachher zum Mittagessen abholt."

„Na gut. Sagen Sie mir Bescheid!"

So verblieben sie und Gernot rief Elisa in sein Büro, als Lothar da war.

Er stellte sie vor:

„Lothar, darf ich dir Elisa Meisner vorstellen, meine Praktikantin?"

„Angenehm", erwiderte Lothar und Elisa flüsterte:

„Ganz meinerseits."

Elisa konnte nun nicht mehr Nein sagen. Zu dritt gingen sie zum Mittagessen und unterhielten sich gut. Dann verabschiedete sich Lothar und Elisa kehrte zu ihrer Arbeit zurück.

Gernot konstatierte für sich, dass die beiden sich gemocht hatten, dass es aber keineswegs gefunkt hatte. Er sah ein, dass man so etwas eben nicht erzwingen konnte. Immerhin hatte er dem Liebesglück eine Chance gegeben.

Später erfuhr er, dass Lothar Elisa in einem Club wiederbegegnet war und dass sie sich angefreundet hatten. Elisa hatte Lothar über ihren Chef ausgefragt und Lothar hatte sich dafür interessiert, wie sein Vater so als Chef war. Liebe kam dabei nicht ins Spiel.

Als Gernot diesmal diesen Tag erlebte, verzichtete er auf den Versuch, Elisa mit Lothar zu verkuppeln. Er wusste ja jetzt, dass es nicht funktionieren würde, und er wollte nicht ohne Grund diese Situation wiederholen, die ja doch irgendwie etwas Peinliches hatte.

Wie ging es weiter?

65.

Er hing wieder am Beatmungsgerät und seine Frau und sein Sohn saßen neben ihm. War er erfolgreich reanimiert worden oder war er zu seinem Zustand vor dem Herzstillstand zurückgekehrt? Er wusste es nicht.

Sprechen konnte er nicht. So konnte er seine Frau und seinen Sohn nicht fragen. Wenn es die Vergangenheit sein sollte, wusste er nicht, wie er sich auf seinen Herzstillstand vorbereiten sollte. Wenn er den Herzstillstand schon hinter sich hätte, müsste sich doch etwas im Vergleich zu vorher geändert haben, dachte er sich. Aber was?

Er konnte die Frage nicht lösen, bis ihn tatsächlich der Herzstillstand wieder heimsuchte. Er schwebte wieder über seinem leblosen Körper und nun hatte sein Sprung in die Vergangenheit die Gegenwart eingeholt. Er hing fest.

Handeln konnte er sowieso nicht und so ließ er zu, dass er weiterhin sprang.

66.

Er saß am Steuer seines Autos, Susanne neben ihm. Seit er älter geworden war, fuhr er sehr vorsichtig. Trotzdem war es an diesem Tag zu einem Unfall gekommen. Nicht schlimm, nur ein Blechschaden, aber doch ungewöhnlich, erstens, weil er kaum noch in Unfälle verwickelt war, seit er so vorsichtig fuhr, zweitens, weil er an diesem Unfall die Schuld trug.

Er wollte eine Vorfahrtstraße überqueren, hatte ein vorfahrtberechtigtes Fahrzeug in weiter Entfernung zwar gesehen, aber geglaubt, es noch zu schaffen, bevor es da wäre. Eine Fehleinschätzung. Das andere Fahrzeug kam schneller als erwartet und er tuckerte viel zu langsam über die Straße. Und schon hatte es gekracht.

Da er sich an die Situation erinnerte, wartete er diesmal, bis das andere Fahrzeug vorbei war.

Susanne, die an diesem Tag eine gewisse Ungeduld an den Tag legte, spöttelte über sein Zögern:

„Man kann es auch übertreiben mit der Vorsicht. Du musst an einer Vorfahrtstraße nicht so lange warten, bis ein vorfahrtsberechtigtes Fahrzeug vorbeikommt."

Ja, mag sein, dass sie es geschafft hätte, wenn sie zügig vorgeprescht wäre. Er jedenfalls wusste, dass er es mit seiner Fahrweise nicht geschafft hätte.

Mit diesem Bewusstsein, richtig gehandelt zu haben, begab er sich abends zur Ruhe.

Mal sehen, wohin es ihn diesmal verschlagen würde.

67.

Er saß im Wartezimmer eines Urologen. Leider wusste er auch jetzt noch nur zu gut, weshalb es ihn hierhin verschlagen hatte. Er hatte damals in letzter Zeit öfter an erektiler Dysfunktion gelitten, wohl ein Tribut an sein fortgeschrittenes Alter.

Der Arzt hatte ihm damals Sildenafil verschrieben. Das Rezept sollte er sich an der Anmeldung abholen. Dort reihte er sich in die lange Schlange der Wartenden ein, bis plötzlich die Arzthelferin rief:

„Wer bekommt hier das Potenzmittel?"

Gernot meldete sich mit hochrotem Kopf und erntete von allen Seiten spöttische bis mitleidige Blicke. Das hatte ihn damals gewaltig gestört.

Diesmal stellte er sich nicht in die Warteschlange, sondern wartete, bis das Rezept kam. Er wusste ja, wann das sein würde. Dann trat er schnell vor und sagte mit gedämpfter Stimme:

„Das ist für mich."

Die resolute Arzthelferin warf einen Blick auf das Rezept, dann auf ihn und meinte dann in normaler Lautstärke:

„Nehmen Sie einfach ein paar Kilo ab, dann klappt es auch wieder mit dem Sex."

Abermals hätte Gernot vor Scham im Erdboden versinken können. Das nächste Mal würde er sich das Rezept mit der Post schicken lassen.

Weiter ging es tiefer in die Vergangenheit!

68.

Diesmal stand er im Kreißsaal bei Bettys Geburt. Wie lange das schon her war! Alles verlief damals problemlos und er durfte die Nabelschnur durchtrennen. Was für ein Augenblick! Das Vaterglück durchströmte ihn. Seine Tochter war zur Welt gekommen! Er hätte die ganze Welt umarmen können.

Soweit verlief diesmal alles wie damals. Dann aber wurde ihm klar, dass Betty nur zehn Jahre alt werden würde. Er hatte sie bestatten müssen – der schlimmste Augenblick seines Lebens!

Wie konnte es sein, dass ein so glücklicher Augenblick zu einem so großen Unglück führte? Er konnte es nicht fassen und wurde von einem Weinkrampf geschüttelt. Eine Schwester geleitete ihn aus dem Kreißsaal hinaus. Das war nichts für die erschöpfte Mutter: ein weinender Ehemann am Bett!

Draußen beruhigte sich Gernot wieder. Es hatte keinen Sinn, mit dem Schicksal zu hadern. Er hatte zehn wundervolle Jahre mit seiner Tochter geschenkt bekommen – das zählte. Wer war er, mehr zu fordern? Wir sind doch alle nur Staub! Es galt, dankbar für das Leben zu sein, das wir haben!

Die nächste Episode führte ihn wieder mit Betty zusammen.

69.

Er arbeitete mit Susanne und Betty im Garten. Sie pflanzten gemeinsam ein Kastanienbäumchen. Da sie wussten, wie schnell diese Bäume wachsen, freuten sie sich darauf, dass Betty, während sie selbst aufwuchs, das Wachsen des Baumes mitverfolgen können würde.

Nachdem sie das Loch gegraben hatten, setzten sie das Bäumchen hinein, füllten den Rest mit Erde auf und gossen es. Von nun an gingen sie oft zu dem Pflänzchen und beobachteten sein Wachstum.

So voller Zuversicht waren sie für Bettys Zukunft, dass sie sich in den schönsten Farben ausmalten, wie einmal Bettys Kinder auf der Kastanie herumklettern würden.

Diesmal jedoch wusste er, dass es dazu nicht kommen würde. Das Schicksal hatte einen anderen Weg gewählt. Auf dieser irdischen Welt würde Betty nicht lang genug weilen, um den Baum noch in voller Größe sehen zu dürfen, aber er war sich sicher, dass sie auch nach ihrem Tod noch bei ihnen sein würde.

Sagen konnte er es den beiden natürlich nicht. Diese schöne Stimmung wollte er nicht zerstören. Er versuchte, sich nichts anmerken zu lassen und spielte mit.

Noch einmal kehrte er zu dem Bäumchen zurück.

70.

Es war inzwischen ein junger Baum geworden, eine noch recht kleine Kastanie. Er stand mit Susanne und Lothar davor und sie dachten an Betty, die im Winter gestorben war, und an den Tag, als sie das Bäumchen gepflanzt hatten. Lothar hatte es damals noch nicht gegeben, aber auch er hatte, als er so weit war, das Wachstum des Bäumchens beobachtet. Jetzt hätten sie gern mit Betty hier gestanden, um das Ergebnis gemeinsam zu betrachten.

Der viel zu frühe Tod ihres Kindes hatte die Eltern kurzzeitig aus der Bahn geworfen, aber sie hatten sich wieder gefangen. Sie mussten ja auch für Lothar da sein.

Als Lothar ins Haus gegangen war, standen Gernot und Susanne noch lange dort und dachten über ihr Leben nach. Diesmal glaubte Gernot, Susanne erzählen zu müssen, dass er nur zu Besuch aus der Zukunft gekommen war und dass er im Augenblick einen Herzstillstand habe.

„Bin ich bei dir?", fragte sie.

„Du warst bis zum Herzstillstand mit Lothar an meinem Bett. Bei der Reanimation seid ihr nicht dabei. Ich selbst habe offenbar meinen Körper verlassen und schwebe darüber, während ich mich nun in einem Klartraum befinde."

„Konnte ich mich an unser jetziges Gespräch erinnern?"

„Nein, unser jetziges Gespräch findet nur in meinem Kopf statt. Wenn dieser Tag endet, löst sich alles in Nichts auf."

„Wie schade! Dann lass uns diesen Tag, der dir noch geschenkt ist, so gut genießen, wie wir können!"

Und so machten sie es. Sie kosteten die verbliebenen Stunden bis zur Neige aus und verabschiedeten sich beim Schlafengehen, als sei es für immer.

Betty war bei ihnen in ihren Gedanken und Gesprächen.

Noch ein paar Mal durfte Gernot seiner Tochter begegnen.

71.

Es war um die Weihnachtszeit. Betty sprudelte über vor Aufregung. Heute hatte sie einen Auftritt in der Weihnachtsaufführung ihrer Ballettschule. Ein riesiges Ereignis für sie. Susanne würde sie rechtzeitig hinbringen und Gernot, der in der Firma sehr eingespannt war, würde versuchen, rechtzeitig vor Vorstellungsbeginn dazuzustoßen.

Man weiß, wie das ist: In der Vorweihnachtszeit ist in der Firma die Hölle los. Alle werden gebraucht, Überstunden, keiner kann gehen. Gernot hatte es nicht geschafft.

Betty konnte ihm nicht böse sein. Er hatte es redlich versucht, konnte es aber nicht zustande bringen.

Diesmal würde er es schaffen! Um sieben Uhr sollte die Vorstellung beginnen. Wenn er eine Stunde für den Weg einkalkulierte, müsste er es packen. Pünktlich um sechs erhob er sich von seinem Platz in der Konferenz. Den fragenden Blick seines Chefs ignorierte er und ging.

„He, Mayer, bleiben Sie!", riefen sie ihm noch hinterher, aber er ließ sich nicht aufhalten.

Rechtzeitig tauchte er im Saal auf, wünschte Betty: „Toi, toi, toi", und genoss die Vorstellung.

Betty war glücklich und dankte ihm. Sie wusste, dass es für ihren Vater nicht leicht war, sich freizumachen, und freute sich, dass er es möglich gemacht hatte.

Auch Gernot freute sich, als er aus diesem Tag schied und an einem anderen auftauchte.

72.

Immer noch Weihnachtszeit. Die kleine Familie aus Gernot, Susanne und Betty besuchte den örtlichen Weihnachtsmarkt. Lothar war noch nicht geboren. Es herrsch-

te ein ziemliches Gewühl und sie hatten
Betty eingeschärft, sich nicht von ihnen zu
entfernen. Wenn sie doch verlorenginge,
sollte sie stehenbleiben, wo sie sich befand,
und warten, bis ihre Eltern sie gefunden
hätten.

Das Unvorstellbare geschah: Betty ging
im Gedränge verloren. Susanne und Gernot
gerieten in Panik und suchten überall. Am
Ende fanden sie sie bei der Krippe, die sie
andächtig betrachtete. Offenbar hatte sie
noch gar nicht begriffen, dass ihre Eltern
sich Sorgen machten. Die Eltern weinten
vor Erleichterung und verzichteten darauf,
Betty Vorwürfe zu machen. Sie konnte
wohl kaum etwas dafür – es wäre die Auf-
gabe der Eltern gewesen, besser aufzupas-
sen.

So war das Ganze damals trotz der Aufregung gut ausgegangen.

Diesmal würde Gernot besser aufpassen.
Das Problem bestand nur darin, dass sie
damals nicht hatten herausfinden können,
wann und wie Betty verschwunden war. So

konnte Gernot auch diesmal nicht auf diesen Augenblick achten und wurde auch diesmal davon überrascht. Verflixt nochmal! Das konnte doch nicht wahr sein!

Aber nur die Ruhe! Diesmal wusste er, dass sie sie finden würden und wo. Susanne, die völlig aufgelöst war, tröstete er:

„Mach dir keine Sorgen. Ein Vater weiß immer, wo seine Tochter ist. Wir müssen sie nur holen."

„Mach jetzt keine blöden Witze! Wo ist sie?"

„Bei der Krippe."

Also gingen sie dorthin und fanden Betty wohlbehalten.

Susanne staunte nicht schlecht und fragte:

„Wie hast du das gemacht, Gernot?"

Gernot wollte sie ein bisschen veräppeln und holte weit aus:

„Auch der junge Jesus ging seinerzeit als Kind verloren. Maria und Josef fanden ihn schließlich im Tempel. Hier haben wir keinen Tempel. Das, was dem am nächsten kommt, ist die Krippe mit der Heiligen Familie."

„So ein Unsinn!", schimpfte Susanne. „Na, Hauptsache, sie ist wieder da. Vielleicht hast du wirklich einen sechsten Sinn."

„Genau."

Sie gingen von dort schnurstracks nach Hause, damit sich so etwas nicht etwa wiederholte.

Dort beschlossen sie den Tag und Gernot machte sich auf den Weg zu seinem nächsten Flashback.

73.

Er sprach gerade mit Betty – ein tief-
gründiges Gespräch, das sich um den Sinn
des Lebens drehte.

„Papa, was ist der Sinn des Lebens?",
fragte Betty.

Gernot antwortete:

„Deine Frage stammt noch aus der
männlichen Welt. Man hat damals für alle
Fragen hochphilosophische Antworten gesucht, die in ein System von Theorien pas-
sen mussten. Natürlich gab es Antworten
auf deine Frage, aber sie waren genauso
zerbrechlich wie die Theorien. In unserer
neuen weiblich werdenden Welt ersetzt
man die rationale Antwort durch das intui-
tive Vertrauen, dass alles seinen Sinn hat.

Früher hat man von Gottvertrauen gesprochen und wiederum Theorien über
Gott gemacht. Das braucht man heute nicht
mehr. Jeder kann sich selbst seinen Gottes-
begriff wählen, wenn er mag. Wenn nicht,
dann nicht.

Im Einzelfall gilt, was Jean Le Rond d'Alembert in anderem Zusammenhang einmal gesagt hat:

‚Mach einfach weiter und der Glaube kehrt bald zurück!'

Die weibliche Pragmatik ist die neue Herangehensweise an das Problem."

Betty schien nicht ganz zufrieden mit dem Gesagten zu sein und bemerkte:

„Gut, dann formuliere ich meine Frage anders: Wenn ich jetzt sterbe, was war dann der Sinn meines Lebens?"

„Du hast deine Spuren im Raum-Zeit-Kontinuum hinterlassen. Der Weg war das Ziel. Alle deine Handlungen hatten ihren Ursprung in dir. Sie waren nicht nur irgendwelche Ereignisse, sondern sind untrennbar mit dir verbunden. Daraus bestehst du, aber du bist mehr als die Summe deiner Handlungen. Es ist ein holistischer Effekt. Was immer du verteilt hast – Liebe, gute Taten, Frohsinn – wird auf immer zu dir gehören.

Wir Menschen brauchen immer eine Aussicht auf die Zukunft. Deshalb erwarten wir so etwas wie das Jenseits. Jedoch ist der Zeitbegriff an unsere menschlichen Anschauungsformen geknüpft. Mit unserer menschlichen Existenz hört auch die Zeit auf zu existieren. Es gibt uns davon losgelöst: nicht später, sondern höher. Deshalb ist unser Leben nicht mit dem Tod verloren. Wir leben auf einer höheren Ebene von Ewigkeit zu Ewigkeit.

Was nun die Details des Jenseits betrifft, so bedenke, dass es wahrscheinlich nicht die Fortsetzung dieses Lebens ist, sondern, dass dieses Leben eine Episode des Jenseits ist. Vielleicht ist dieses unser Leben nur ein Traum in unserem wahren Leben. Mehr kann ich dir darüber nicht sagen. Keiner kann das wirklich. Das bedeutet nicht, dass es ein Jenseits nicht gibt, sondern nur, dass wir nichts darüber wissen können und es selbst dann nicht verstehen könnten, wenn wir es wüssten. Da hilft dir wieder nur das Vertrauen. Hab Zuversicht!"

Er hatte diesmal mehr gesagt als beim ersten Mal, weil er mehr Lebenserfahrung gesammelt hatte. Es war ein wichtiger Tag, nicht nur für Betty, auch für ihn.

Zurückgekehrt ins Krankenhaus, fragte er sich, ob nicht auch für die Zeitblasen, in die er eintauchte, ein moralischer Imperativ gelten müsste. Durfte er mit seinem Wissen um die Ereignisse des Tages alles tun, was ihm dieses Wissen ermöglichte? Er sagte sich, dass er das tun dürfe, was er, ohne sich selbst zu belügen, für richtig hielt. Da hätte er bisher nicht allzu viel falsch gemacht, obwohl er sich schon manchmal selbst belogen hatte.

Der nächste Tag, den er wiederholte, glich einem Schlag in die Magengrube.

74.

Es war der Todestag seiner Tochter Betty. Sie lag im Sterben. Susanne, er und Lothar saßen an ihrem Bett. Betty flüsterte:

„Papa, Mama, mein Leben lang habt ihr mir gesagt, wo es lang geht. Auf diesem letzten Weg werde ich euch vorangehen. Wir sehen uns drüben wieder. Lothar, auch wir werden uns wiedersehen"

Alle vier weinten.

Dann erzählte Gernot, wie er hierherkam, und schloss:

„Dies ist also für mich die Vergangenheit. Betty, du bist bereits im Jenseits. Willst du uns nicht sagen, wie es dort drüben ist?"

„Wenn es so ist, wie du es beschreibst, bin ich die Betty der Vergangenheit. Ich weiß also noch nichts vom Jenseits außer, dass ich bald dorthin hinübergehe. Wir haben doch schon darüber gesprochen und du hast mir erklärt, dass wir Menschen es nicht verstehen würden, wenn man versuchen würde, es uns zu sagen. Ich kann dir nur sagen, dass ich keine Angst davor habe und zuversichtlich bin, euch wieder zu begegnen."

Sie umarmten sich alle vier und ertrugen gemeinsam Bettys Wechsel in eine andere Welt.

Ein besserer Tag mit seiner Tochter wurde Gernot auch noch geschenkt.

Noch einmal durfte er sie treffen.

75.

Er befand sich auf dem örtlichen Rummelplatz. Mit seiner Frau Susanne und seiner Tochter Betty hatte er sich hier vergnügt – nur wenige Monate, bevor Betty an Krebs verstarb.

Lothar war noch zu klein, um mitzukommen und wartete zu Hause bei der Babysitterin. Damals waren sie alle drei vergnügt und sorglos gewesen. Gernot erinnerte sich, dass sie bei einem Spiel mitgemacht hatten. Man sollte die Zahl der Kugeln erraten, die sich in einem ausgestellten Glasgefäß befanden. Wer am nächsten herankam, sollte gewinnen. Gernot hatte 10000 geschätzt, aber als am Abend nachgezählt wurde, waren es nur 6758 Kugeln. Andere hatten besser gelegen.

Diesmal würde er es besser machen. Er schrieb 6758 auf seinen Zettel und, als der Abend kam, hatte er gewonnen. Er bekam einen riesigen Plüschteddy als Gewinn, den er Betty schenkte.

Seine Tochter freute sich und sie umarmten sich. Dann flüsterte er ihr noch ins Ohr:

„Sei immer glücklich!"

Er wusste, dass ihr Glück nicht von Dauer sein sollte, wünschte ihr aber alles Gute.

Der Tag ging zu Ende und schwebte wieder über seinem Körper.

76.

Gernot hätte es nicht für möglich gehalten, aber alles sollte wieder besser werden: Sein Gesundheitszustand und sein Leben.

Noch schwebte er über seinem leblosen Körper, da trat plötzlich Betty an sein Kopfende, sah ihn liebevoll an, legte ihre kleine Hand auf seine und sagte:

„Sei immer glücklich!"

In diesem Augenblick zog es ihn zurück in seinen Körper. Sein Herzschlag setzte wieder ein und der Monitor zeigte einen Sinusrhythmus.

Langsam kam er wieder zu Bewusstsein. Als er sich wieder bewusst umsehen konnte, war Betty verschwunden und er fragte sich: Wie hatte sie überhaupt da sein können? Sie war doch tot. Existierte sie jetzt als Engel? Und wie hatte sie die Worte sagen können, die er in seinem Klartraum zu ihr gesagt hatte. Er hatte doch festgestellt, dass diese Träume von der Vergangenheit die Realität in der Gegenwart nicht änderten!

Es musste ein Wunder gewesen sein! Wo auch immer Betty jetzt war, sie hatte ihm geholfen.

Und trotzdem kamen ihm Zweifel: Was, wenn er wieder geträumt hatte? Was, wenn er sich wieder in einer Zeitblase befand? Diesmal nicht in einer aus der Vergangenheit, sondern aus der Gegenwart, aber trotzdem nicht real.

Da er wegen des Beatmungsapparates nicht sprechen konnte, machte er Zeichen, dass er sich mitteilen wollte und schrieb auf einen Zettel die Frage, ob ein zehnjähriges Mädchen an seinem Bett gestanden hätte. Die Ärzte verneinten.

Also war Bettys Auftritt nicht real. Dann wäre sie nur ihm erschienen. Wäre das möglich?

Sein Verstand gab ihm keine Antwort. Er musste seinem Gefühl vertrauen. Warum konnte die Realität nicht anders sein, als man es erwartete, als der gesunde Menschenverstand es forderte? Konnte die enge

Bindung zu seiner Tochter nicht über den Tod hinaus Bestand haben?

Er versuchte, sich in diesem Gewirr von Realität und Traum zurechtzufinden.

Immer wieder hatte er in seinen Flashbacks andere Entscheidungen getroffen als vorher in der Realität. Wie beim Schmetterlingseffekt hätten diese zu einem komplett anderen Verlauf seines Lebens führen können. Natürlich nicht alle Entscheidungen, aber doch einige.

Aber es gab auch das Gegenteil des Schmetterlingseffekts: die Stabilität des Lebens. Kleine Schwankungen werden organisch ausgeglichen. Entscheidungen, die man anders trifft, führen nicht immer zu anderen Ergebnissen. So wie in der alten arabischen Anekdote, in der ein Diener in Bagdad den personifizierten Tod sieht und ihm nach Samarra entfliehen will. Dort jedoch erwartet ihn der Tod bereits und sagt: „Da bist du ja! Ich hatte mich schon gewundert, dich in Bagdad zu sehen, wäh-

rend ich dich doch in Samarra abholen sollte."

Manches ist eben unausweichlich.

So auch sein Leben.

Wie verführerisch wäre es, sein Leben
neu konstruieren zu können, indem man
die Vergangenheit nach Belieben änderte!
Das war ihm nicht vergönnt gewesen. Und
das war gut so. Er hatte sein Leben zu akzeptieren gelernt, dieses Leben, das ihm
nun wiedergeschenkt wurde. Am Ende
hätte er sich kein anderes Leben gewünscht.

Tatsächlich genas Gernot von seiner
Krankheit. Es dauerte seine Zeit, aber er
schaffte es und lebte danach noch eine Zeit
lang weiter.

Er nutzte die Zeit, grub die alte Geschichte von Oskars Geheimnisverrat aus,
konnte die Tatsachen belegen und seinen
Widersacher bloßstellen. Physikalisch wäre
es eigentlich unmöglich, dass Gernot durch

seinen Traum Informationen aus der Vergangenheit beschafft hätte, psychologisch war es aber erklärbar. Es war alles in seinem Kopf. Er hatte nur verschüttete Informationen und Verdachtsmomente aus seinem Gedächtnis zum Vorschein gebracht und es hatte genügt.

Eine späte Genugtuung für all den Ärger, den sein Gegner ihm zugefügt hatte. Aber es ging ihm nicht so sehr um persönliche Rache, vielmehr mochte er ganz allgemein diese Typen mit den ausgefahrenen Ellenbogen nicht, die um des eigenen Vorteils willen alle Regeln brachen. Ein klein wenig Gerechtigkeit herzustellen, schien ihm die Sache wert zu sein.

Es ging ihm auch nicht mehr um die Konkurrenz. Sie hatten beide das Rentenalter erreicht. Hier ging es nur um eine Richtigstellung, um die Aufdeckung eines einzigen von Oskars vielen Vergehen. Das verlangte einfach die Gerechtigkeit.

Er hatte genug getan. Nun konnte er seinen Ruhestand genießen. Er wurde ruhiger.

Betty erschien ihm nie wieder. Aber er hatte oft das Gefühl, dass sie ihn als Engel begleitete, und hoffte, sie im Jenseits wiederzusehen.

Irgendwann versuchte er sich noch einmal an dem Bildnis der blauen Blume. Diesmal gelang es ihm. Auch wenn er nur noch über wenig Energie verfügte, so wusste er doch diesmal, worauf es ankam.

Glücklich betrachtete er sein fertiges Werk.

Die blaue Blume sprach zu ihm:

„Dein ganzes Leben hast du nach mir gesucht. Nun hast du mich gefunden. Du kannst zur Ruhe kommen."

Hatte er schon wieder Halluzinationen? Ein Bild konnte doch nicht sprechen! Und doch zog es ihn in seinen Bann. Es stellte nicht nur eine Blume dar, sondern strahlte eine Botschaft aus. Diese Blume verkörperte alles, was er sich je gewünscht hatte, und es stellte sich heraus, dass er es schon immer besessen hatte. Sich selbst zu finden, war das Ziel seiner Suche.

Nun war er angekommen. Jetzt konnte er gehen.

Er konnte gehen, musste aber nicht. So entschied er sich, noch eine Weile zu bleiben.